JN100481

婚約破棄ですか。別に構いませんよ

登場人物紹介
シオン・コンフォ
辺境地にいる皇国軍大隊長。
懐がとても深い。
見た目で怖がられることが多いが、
実は愛情深く優しい。
家族と民を大事にしている。
セリア・コンフォート
辺境を守る皇女で超努力家。
皇族で一番の魔力の持ち主。
気が強く、ちょっと毒舌気味。
趣味は魔法具製作。
皇国の幸せが一番、
自分は二の次だと考えている。

マリアナ
グリフィード王国の
王太子婚約者。
超真面目で頑張りや。
真面目すぎて
知らず知らずのうちに
体と心を壊しそうなタイプ。
リーファ
セリアの親友。
気配り上手のしっかり者。
実は可愛モノ好き。
セリアの前だけ、
かなり砕けた話し方をする。
ウィリアム
グリフィード王国の
第二王子。
成績は優秀で魔力も高く、
人を掌握する能力にも
長けているが
手段を選ばない。
スミール
セリアの元婚約者で
皇国筆頭公爵家の次男。
派手で煌びやかなものを好む。
アンナ
家柄の良い男を
捕まえるために学園に入学。
とにかくあざとい性格。

プロローグ　婚約破棄されました

年に一度の最も重要な祝賀会。

国民全てがこの日の意味を改めて考えて祝う日。

そして、コンフォート皇国にとって、とてもとても大切な日。

それだけで、この祝賀会がどんなに重要なのかわかるでしょう。そんな皇国内の高位貴族が参加する祝賀会で、それは突然始まりましたの。

「セリア!!　君は僕の信頼を裏切った。よって、僕は君との婚約を破棄する」

目の前に立ち、意気揚々にそう言い放つのは、私セリア・コンフォートの婚約者、確か名前はスミール様でしたね。忘れてましたわ。

忘れて当然ですよね。会ったのは数回しかありませんもの。それでよく私がわかりましたね。ああ、この髪色と瞳の色で。会場内で黒髪黒目は私しかいませんものね。それに若いですし。消去法ですか。

まぁそれは構いません。構いませんが、婚約者に挨拶(あいさつ)もエスコートも一切せず、いきなり目の前に現れるなりそう宣言するなんて、私はどう反応したらいいのかしら。

それに、そもそも誰に向かって言ってるのかしら。裏切ったですって。ほとんど会ってもいないのに。馬鹿なの？　馬鹿なのね。愚かにも程があるわ。

「こんな時でも、君は表情を変えないのか。君にとって、僕はどうでもいい存在だったようだ」

目を伏せ、苦しげな表情でスミール様は私に訴えてきます。

それは貴方でしょ。

思わず、突っ込みそうになりましたわ。

まぁ確かに、可愛げのある性格でも容姿でもありませんわ。じっと黙ってると、冷たいと思われがちです。でも今回は、スミール様の仰る通りですね。どうでもいいですわ。忘れてましたし。

ただ、皇女である私を散々蔑ろにしておいて、何を言ってるのとは思いますけど。開いた口が塞がらないって、こういうことを言うのね。一応淑女の端くれなので、見せてはいませんよ。もちろん、扇で隠しておりますわ。

ほんと、貴方の物言いに困惑して呆れ果ててるだけなのに。

目の前にいる婚約者様は、さも悲しそうな表情をしながら切実に語ってらっしゃるわ。隣に女を侍らせながらね。呆れてものが言えません。勉強になりましたわ。とはいえ、このまま一方的に言われるのはさすがに癪ですわ。

「私との婚約を破棄したいと仰るのね。スミール様は」

一応、確認しますわ。淑女らしく、にっこりと微笑みながらね。

隣にいる女が「ひっ」と小さく叫びましたわ。

あら、どうして貴女が身を竦ませているの。何故、怯えているのかしら。可愛い容姿が庇護欲を

唆るのは本当なのね。それはわかりますが、婚約者でもない方との距離感間違えてません？　腕に胸が当たってますわよ。貴女は娼婦ですか。この祝賀会に参加できるのは伯爵から上位の貴族だけですのに。貴族社会に疎い私でも、それぐらいはわかりますよ。

「そうやって、アンナを虐めていたんだな!!　可哀想に……こんなに怯えて。悪いと思わないのか!!　いいか。これは、決定事項だ。よいな!!」

何もしていないのに、一方的に詰るスミール様。

にっこり微笑んでいるだけなのに、婚約者から蔑む目で睨み付けられました。いいえ、もう、元婚約者ですね。

元々、婚約なんてしたくはなかったんです。

でも、しなくてはいけなかった。

必要な婚約だったのです。魔物討伐にはお金が掛かりますからね。

恥ずかしい話ですが、これ以上皇国の国庫から軍費を出す余裕がなかったのです。今ある国庫の物資とお金は、もしもの時に民に対して使うために置いていますの。

なので、お金のために、なかば無理矢理お父様が交わした婚約ですが、私はそれを素直に受け入れました。それについては今はいいですわ。それよりも、皇族を馬鹿にする態度は許せません。決して。

「構いませんよ。婚約を白紙に戻しましょう」

お金よりも矜持。

こちらから切り捨てましょう。スミール様のおかげでお金は回収できそうですから。心から感謝しますわ。

こんな絶好の機会、棒には振れませんよ。言いたいことはいろいろありますが、邪魔されないうちにさっさと白紙に戻しましょう。なのに、この馬鹿は……

「白紙だと!?　生温い。貴様はこれから先、貴族として生きることは許さない。平民として地面を這いながら生きろ!!」

声高らかに、スミール様は宣言します。

せっかく、私が婚約を解消してあげるって言っているのに、何を仰ってるのかしら。

それにしても、今度は貴族籍の剥奪ですか……。何の権限をお持ちなのですか？　まぁ、私的には全然構いませんが。

「つまり、私の身分を剥奪すると仰るのですね。公爵家の次男ごときが。愚かな。一度口にしたのを取り消せないくらい、五歳児でも理解していますのに」

自然と声が低くなりますわ。

「なっ、無礼な!!　この僕を馬鹿にするな!!」

スミール様は口汚く罵ります。今にも殴り掛かってきそうな勢いで。それを止めたのは、意外にも隣のアンナと呼ばれた女でした。

「待ってください、スミール様。セリア様はそれだけスミール様を愛していたんです。身分剥奪の上国外追放なんて、あまりにもセリア様が可哀想過ぎます。セリア様という婚約者がいながら、スミール様を愛してしまった私が悪いんです」

目をうるうるさせながら、アンナがスミール様に訴えます。ほんと、あざといわね。私を庇いながら、自分を持ち上げるなんて。知らないうちに罰増えていますし。普通の貴族子女なら死刑判決ですわね。

「アンナ……君は本当に優しくて、美しいんだな。それに比べお前は!!」

アンナの肩を抱き寄せ、とことん私を責め立てるスミール様。三文芝居もいいところね。

不貞をはたらいた者が婚約者であった少女を一方的に断罪する。本来なら、責められるのは目の前にいる二人なのに。おかしいわね。二人を責める者はこの場にはいないのかしら。

どんな馬鹿でも筆頭公爵家の次男。公爵家を敵に回したくないのでしょう。

でも私は皇女ですよ。情けないですわ。私もこの場にいる方々も。

「……そもそも、彼女と会ったことはないんですけど」

きっぱりと否定します。

会ったことがない人を、どうやって虐めるのかしら。反対に教えてほしいわ。

「何を言ってる⁉　学院で散々虐めておいて」

蔑む目で見られました。私も絶対零度の視線をお返しします。情けないですね。これしきの視線でビクつかれるとは。

「学院ですか？　私は通ってはおりませんが」

私の台詞に、周囲の方々がざわつきます。そうでしょうね。

「はぁ～～。言うにことかいて、そんな見え透いた嘘を。だから嫌なのだ。辺境地の田舎者は」

心底軽蔑した様子で、スミール様は吐き捨てます。

やっぱり、そう思っていらっしゃったのね。もしかして、とは思っていましたが、そこまで馬鹿だったとは。公爵家は何も教えていないんですか。

スミール様が馬鹿にする辺境の地は、魔の森に密接している場所。言わば、コンフォート皇国の護りの要なのに。ありえませんわ。

それに関しては今はどうでもいいです、本当はよくありませんが。それよりも、今貴方は、私のことを辺境地の田舎者と仰いましたね。それがどういう意味か理解して仰ってるのですか。ちょっと殴ってもいいですか？　のしてもいいですか？

周囲では、失笑を浮かべていらっしゃる方もいますね。元婚約者様と同意見なのですね。いいでしょう。その顔しかと覚えておきます。後悔しても遅いですよ。

私がそんなことを考えているとは露ほども思っていない様子のスミール様は、完全に汚いものを見る目で私を見ています。汚物は貴方の方です。

まぁ確かに、ある一定の年齢に達した貴族の子息と令嬢は学院に通うのが、この国の常識です。嘘を吐いてると思われても仕方ありません。

でも、私は通ってはいませんよ。

もう一度言います。通ってはいません。

「私は学院に一度も足を踏み入れたことはありませんわ。私が通っているのは学院ではなく、隣国にある学園です。それも今年入学したばかりですわ。なので、アンナ様には会ったことはありません。虐(いじ)めることなど不可能です。とはいえ、ここまで嫌われたのなら、もはや婚約の継続は不可能ですね。こちらから婚約破棄させてもらいますわ。構いませんよね、お父様。いえ、皇帝陛下」

人ひとり殺してきたかのような険しい表情を隠そうともせず、姿を現した男性に向かって、私はそうはっきりと告げました。

駄目とは絶対に言わせませんわ。

第一章　売られた喧嘩はもちろん買います

皇帝陛下登場です。

とても険しい表情ですわね、お父様。でも、責任の一端はお父様にもあるのですよ。わかってます？

そう心の中で問い掛けながら、お父様を見上げます。さらに険しさが増しましたわね。ちゃんと心の声が届いて嬉しいですわ。さすが、私のお父様ですわ。

元婚約者のスミール様はというと、呆(ほう)けたように私とお父様を見ていますわ。誰が顔を上げていいと許可を出したのでしょう。周りをご覧なさい。皆様、頭を垂れていらっしゃるでしょ。本当に、公爵様はご子息の教育をしてらっしゃるのかしら。お父様の後ろに控えていらっしゃる公爵様を窺(うかが)えば、真っ青を通り越して真っ白な顔色で立っておられますわ。今にも倒れそうですね。同情はしませんが。

元婚約者様もそうですが、一緒にいるアンナという令嬢も、同じように顔を上げて私を睨み付けていますわ。さっき、私が皇帝陛下を「お父様」と呼んだのを聞いていなかったの？　自殺願望がおありなんですね。でしたら、是非辺境に来ていただきたいものですわ。貴方たちにお似合いの仕事がありますから。

それにしても、お金のためとはいえこんな常識知らずと婚約をしていたなんて、私の最大の汚点ですわ。なのでなんとしても、白紙に戻します。皆様の記憶に残るのは仕方ないとしても、婚約者として戸籍に記載されたままでいるのは、とてもとても嫌ですわ。

「………陛下の娘だと？」

現実を受け入れられないスミール様は、わなわなと震えながら呆然と呟いてます。彼には話す許可が与えられていないのに。

五年間婚約を交わしていた仲なのに、やっぱり知らなかったのですね。それだけ、私に興味がなかったということでしょう。改めてはっきり言葉にされると、少しショックですわ。それはそれで、とても不愉快ですが。

さり気なく周りを見渡すと、私が皇帝陛下の娘だと認知している人は……三分の一程度ですね。見た目は全く似ていませんからね。中身はそっくりだとよく言われますが。

当然、冷笑してらした方々は知らなかったようですね。公爵様と同様、真っ青になって小刻みに震えていらっしゃるわ。

　そうそう。認知している方々の中でハンティングできそうな方はいらっしゃるかしら。砦（とりで）は万年人手不足なので。給料はとてもいいんですが、その分危険なので働き手が少ないんです。そんなことを考えていると、眉間（みけん）に深い皺（しわ）を寄せながら、お父様は私に尋ねてきました。

「名乗っていなかったのか？」

　ハンティングの件は一旦置いときましょう。

「名乗ってはいませんわ。だって、スミール様から正式に名乗りをされておりませんから」

　正直に答えます。

「どういうことだ？」

　重ねて問い掛けられます。

「どういうことと言われても、言葉通りですわ。筆頭とはいえ、公爵家のご子息が名乗りを拒否されたのに、皇族である私が名乗るのはおかしくはありませんか？」

　皇族の威信に関わるでしょう。

「拒否された、だと」

　とても低く、地を這うような声で、お父様は問いただしてきました。

　なかなか会えませんが、お父様はお父様なりに私を愛してくれているのです。私がそこまで馬鹿にされているとは思わなかったのでしょう。殺気がじわじわと漏れています。婦人や令嬢たちが当てられてよろめいてます。公爵夫人もですね。

　あ、スミール様が腰を抜かされましたわ。恥ずかしくはありませんか。ほんと、これぐらいの殺気で情けないですわ。アンナ様は気丈にもそんなスミール様に寄り添い、私を睨み付けます。でも、それは皇族である私に向ける視線ではありませんね。

「はい。五年前、初めて顔合わせした時からですね」

取り繕う必要はありませんね。

「ちょっと待て。それはさすがにおかしくはないか？」

「私もそう思います。だって、互いの親を伴って顔合わせしたのですよ。もちろん、私が皇女であることは伝えたはずです。なのに、二人きりになると名乗りを拒否されましたの。その時、スミール様は私に対しこう怒鳴り付けたのです。『何故、名乗らない。マナーがなっていないな。さすが、辺境の田舎者か。マナーを一から勉強し直せ。僕の婚約者になるんだからな』と」

彼の言葉は一音一句覚えてますわ。

「どういうことだ？」

この問いかけは、背後に控えている公爵様とスミール様に対してですね。

よほど、お父様が怖いのでしょう。公爵様は冷や汗を浮かべながら答えます。射殺しそうな視線をスミール様に向けながら。

「私も何故そう思ったのか……全く理解できません」

そうでしょうね。私も全く理解できませんから。でも、その台詞貴方が言ってはいけませんよ、公爵様。違いまして？

「……養女の話は流れたのでは？」

養女？　何を言っているのでしょう、スミール様は。

「セリアは私の血を分けた子だが」

お父様の声がさらに低くなりましたわ。

「私は、てっきり、セリアが皇帝陛下の養女になるとばかり。いつまで経っても辺境地から出ないので、その話は流れたのだと思い……」

しどろもどろで言い訳するスミール様。

呼び捨てはやめてくださらない？　もう、婚約者ではないのだから。そもそも、婚約者であったとしても、皇族である私を呼び捨てにするなどあってはならないこと。それこそ、最低限のマナーでしょう。そう言いたいのはやまやまですが、ここはお父様にお任せしますわ。その方がダメージがありそうなので。

「だから、セリアを蔑ろにしたのか」

吐き出される息が白いですわ。殺気だけでなく魔力も漏れてますわよ、お父様。

それにしても、ずっとそう思い込んでいたのですね。どうして、そう思い込んだのかははなはだ疑問ですが、一応納得できましたわ。だからといって、到底許せるものではありませんが。

「このっ、馬鹿者がーーーー!!」

怒鳴ったのは公爵様。

あっ、スミール様が吹っ飛びました。巻き添えになった貴族たちから悲鳴が上がります。怒りで顔を真っ赤にした公爵様が跪き、私とお父様に頭を垂れ謝罪します。

「誠に申し訳ありません。陛下、セリア皇女殿下。まさか愚息がそのように思っていたとは……」

気付かなかったと言いたいのですね。

「……そうですか。いくらでも、気付く余地はあったと思いますが。それはそれは、スミール様の態度は酷かったですからね。私の侍女たちが彼の元へ暗器を持って消えようとしたのを、何度止めたことか。数えるのも億劫なぐらいでしたよ、公爵様。私の前でもそうでしたから、当然屋敷でもその態度を隠すことはしなかったでしょうね。器用なタイプではありませんから。息子可愛さに、そのまま放置した罪は決して軽くはありませんよ」

お父様によく似た絶対零度の目で公爵様を見下ろします。その時でした。

「どうして、そんな酷いことができるんですか!!　私を虐めて、今度はスミール様と義父様を、こんな公衆の面前で!!」

アンナが意味不明なことを叫びます。

ブーメランって、言葉知ってます？　さっき、その公衆の面前で私に対して婚約破棄を言った人と一緒になって何を言ってるのですか？

呆気に取られている私を見て、アンナは勘違いしたのか、涙を零しながらスミール様に寄り添い背中に手を添えられました。傍から見たら、健気に寄り添う乙女のようですね。中身は正反対ですけどほんと強かですよね、口角上がってますよ。

「そうだ。お前はアンナを虐めただろう!!」

痛みで顔を歪めながら、馬鹿が怒鳴ってます。彼らなりの反撃でしょうか。でもそれって、自分で首絞めているの気付いてます？　気付いてないんでしょうね。

手を床について誠心誠意謝るのなら、まだ手加減してあげるつもりでしたのに。それでも、貴族としては終わっていますけどね。まだ、辛うじて生きていけたと思いますよ。なのに、さらに自分で首を絞める真似をするなんて、ほんと何を考えてるか理解できません。

理解できませんが、どこまで私を馬鹿にすれば気がすむのかしら。私が貴方たちに何かしましたか。

「そもそも、学院に通っていない私がどうやって、そこにいる女を虐めることができるのです？ましてや、隣国にいたのですよ」

「そんなの決まってるじゃない!!　誰かにやらせたのよ!!」

スミール様、もう馬鹿子息でいいわね。彼に尋ねたのに、答えたのは血走った目をしたアンナ。

どちらでも構いませんわ。

「誰かとは、誰です？」

念のため、訊くことにしました。

「そんなの、私が知るわけないじゃない!!」

返答がこれです。逆ギレですか。

完全に妄言ですね。証拠一つありません。それで、皇族である私を公の場で断罪しようとは。本当に命が惜しくはないのかしら。さすがに私も理解できなくて、眉を顰めてしまったわ。しかし、これだけは言わなくてはいけませんね。

「私は貴女に話す許可を与えましたか？」

上位の者が許可を出さない限り、下位の者が口を開くことは許されません。

これは貴族社会において、基礎中の基礎のマナーですわよ。周りをご覧なさい。皆様黙っておいでしょう。それとも、貴女は皇女である私以上の位なのかしら。私には姉はいませんよ。

「そうやって、すぐに身分を言い出す。そんなに身分が偉いのですか。ただ、生まれた場所が違うだけじゃないですか。そんなんだから、虐めなんてできるのよ」

何を言い出すの？　この女は。会ったのも、今日が初めてなのに。自分の幸せのためにとことん、私を悪者にしたいようね。

「そうだ。アンナの言う通りだ。そんな性根だから、辺境地なんかに送られるんだ」

ましてや、それがおかしいとは思わず、アンナと一緒に私を断罪する馬鹿子息。

「今、何て仰いました？」

聞き間違いではありませんよね。

――辺境地なんか。

確かにそう言いましたよね。どの口がそれを言うのでしょう。私を取り巻く周囲の空気が一瞬でがらりと変わりましたわ。

さっきまでは、私に対する蔑みや苦笑だったのに、今は怒りや仇を見る目で二人を見下ろしています。今この場でその発言をなさるとは当然ですよね。ある意味勇者ですわ。

貴方のお父様は顔を真っ赤にして拳を握り、わなわなと震えていらっしゃるのに。

「謝ってください、セリア様。そうすれば、許してさしあげます」

さしあげる？　今そう仰ったの、皇女の私に、下位令嬢もしくは平民の貴女が？

「そうだ、今すぐアンナに謝れ。そうすれば、辺境地から出られるだろう」

馬鹿子息はアンナと同様、上から目線です。

貴方たち、そんなに死にたいのですか。やってもいない罪を謝れと言い、またしても辺境地を馬鹿にし、蔑む発言を繰り返す。一体、貴方たちは今まで何を勉強してきたのですか。

「黙れ」

遂に、お父様がキレましたわ。すでに私もキレてます。

馬鹿子息もあの女もビクつき慄きました。腰を抜かし、無様にも座り込んでしまったわ。

その瞬間、私の側に控えていた侍女が馬鹿息子とアンナを背後から拘束しました。

「「ヒッ!!」」

本当にお似合いの二人ですね。悲鳴も一緒に上げるなんて。

「この場は駄目ですよ」

私は侍女二人をやんわり窘めます。

「「この場でなければよろしいのですね」」

嬉しそうな、弾んだ声で二人が答えます。今までずっと我慢してましたから。これ以上の我慢は体に障りますね。

でも、まだ止めを刺していませんからね。そろそろ許可を与えてあげましょうか。

「もう少し我慢できるかしら」

「畏まりました」

二人とも優秀な侍女です。私の意図をちゃんと汲んでくれます。首筋に当てたナイフを退けませんが、まぁそれぐらいは許してもいいでしょう。

それでは、始めましょうか。

「つまり、貴方は私の性根が悪いから、矯正のために辺境地に送られたと言いたいのね。理解したわ。貴方たちにとって、私は皇帝陛下に棄てられた可哀想な子なのね。さっきも……いえ、初めて会った時から、辺境地を散々田舎と馬鹿にし、蔑んでいたものね。だから、辺境にいる私も蔑んで当たり前。皇女でも」

にっこりと微笑みながらあえて念をおしました。だけど、目は全く笑ってはいません。私のお父様以上に冷たく低い声に、周囲の温度もさらに下がります。それがどうしました？

馬鹿子息と女は、この場にいる貴族全員、いえ、この皇国そのものに喧嘩を売ったのです。

絶対許しませんよ。覚悟なさい。

「僕は間違っていない!!　辺境地にいる貴族なんて田舎者の集まりじゃないか。野蛮な者たちの巣窟だろ。まともなドレスなど一着も持っていないじゃないか。冴えない服ばかり着て平気で貴族街を歩いている、貴族なんて名ばかりの平民だろ」

馬鹿子息が喚き散らしています。

好き勝手なことをほざいてくれますね。

馬鹿子息がほざく度に、私の心が段々冷たくなっていきますわ。

「確かにそうですね。辺境地の人間は装いには疎い面がありますわ。あれでも彼らなりに気を付けているらしいけど。まともなドレス？　貴方の言う通り、そんな物持ってはいませんよ。もちろん、宝石類もね。そんなお金があれば、装備に回します。砦の設備に、兵士たちに回します。ドレスや宝石を身に着けてパーティーやお茶会に参加するのが貴族なら、辺境地に住む貴族は貴族ではありませんね。当然、私もですが」

そう答えると、馬鹿子息は歪な笑みを浮かべ私を見上げました。女もです。

一瞬、その顔を潰したくなりましたが、ここはグッと我慢します。代わりに、私の優秀な侍女たちの手に力が少し入ったようです。

馬鹿子息とアンナは、また仲良く一緒に「「ヒッ‼」」と悲鳴を上げ、ガタガタと震えています。ちょっと切れただけじゃないですか。大袈裟ですね。

では、気持ちを落ち着けて続けましょうか。

「ですが、私はそれを恥ずかしいなどと思ったことはありませんわ。反対に、誇りとさえ思っております。理解できないって顔をしていますね。貴方たちは今まで何を学んできたのですか？　こちらが理解に苦しみますよ。周りをご覧なさい。どのような目で貴方たちを見ていますか」

私に促されて、初めて周囲に視線を向ける馬鹿子息とアンナ。

ようやく冷笑や蔑みではなく、明らかな怒りと憎しみの目で睨まれていると気付いたようです。

当然それは、目の前にいる自分の父親も同じでした。

「父上……何故、そのような目で僕を見るのです？」

自分の父親にまで睨まれ、馬鹿子息はショックを受けて混乱したままポツリと呟きました。

「貴方の言う貴族が、ドレスや宝石を身に着け社交という戦場に出るように、私たちは鎧を纏い剣を携えて杖を持ち、戦場に立つ。この国を護るために」

公爵の代わりに私が答えます。

「国を護る？　貴族なら当たり前だろ」

絞り出すような声で馬鹿子息は反論します。

「辺境の貴族を名ばかりの平民と罵りながら、貴族なら当たり前と仰るのね。皇都に住む自分たちは護られて当然の存在だと」

「それがどうした⁉　何、当たり前のことを言ってる。そんなのだから、辺境地に送られるんだ」

馬鹿子息の発言に周囲がざわめき出します。

筆頭公爵様は我慢ならんとばかりに、馬鹿子息に詰め寄ろうとなさりましたが、私は無言のまま片手を上げ制しました。気を失ったら困りますからね。

「今から七十年前、貴方と同じことを、今みたいに公の場で宣言された方がいました」

そう私が切り出すと、馬鹿子息は不審そうな表情を見せます。わざわざ貴方の疑問に答えてあげているのに。ちなみに、今から話す内容は貴族籍をお持ちなら、幼くても知っていることですよ。

「その方はこの皇国の第二皇子。婚約者は辺境地を統治する伯爵令嬢でした。当時、第二皇子には貴方のように皇都に恋人がいたそうです。婚約者を邪魔に思った彼は、明らかな冤罪を恥ずかしげもなく彼女にかけた。常日頃から、婚約者を馬鹿にしていたようです。今の貴方のようにね」

「冤罪じゃない!!」

「冤罪なんかじゃないわ!!」

まだ言い張るの？　途中で茶々を入れないでください、話が進みませんから。

視線を侍女二人に向けると、心得たとばかりにナイフを持つ手に力を入れました。

静かになりましたわね。では、続けましょうか。

「公の場で婚約破棄を宣言し、その場にいた貴族たちは第二皇子に賛同した。何故だと思います？　そう……この時は貴族の間で、貴方の言った考えが主流でした。結果、この国がどうなったか知っていますか？」

一旦言葉を切ってから、間を空けて続けました。

「……皇国が滅び掛けたのですよ」

「…………皇国が滅び掛けた？」

オウム返しのように呟く馬鹿子息。

そんな彼を見て抱く感情は、呆れと困惑、そして怒りだけ。ただただ、屑を見るような冷めた気持ちで見下ろします。

訊き返されることすら、私にとって——いえ、違いますね、この場にいる全員にとって信じられないことでしたから。

「……本当に知らないのですか？」

思わず、訊き返してしまいました。

何故なら、私たち皇国の民は平民、貴族関係なしに、幼少時から絵本などで皇国の歴史を勉強し、同時に、辺境地の重要性も叩き込まれるからです。

歴史を生きた教材として。

故に、皇国が滅び掛けた事件に関しては、皇国民なら全員知っている事柄です。二度と過ちと悲劇を繰り返さないように、皇国民全員が忘れないために。文字を知らない赤子ならともかく、貴族が、それも筆頭公爵家の人間が知らないなんてありえません。あってはならないのです。

ましてや、皇国を滅ぼし掛けたあの第二皇子と同じ考えを抱くなど……決して見過ごせません。その芽は徹底的に潰します。もう二度とそこに草一本生えないまで。

「馬鹿にするな!!　それぐらい知っている。魔物に攻められたんだろ。辺境地の奴らがさぼったせいで」

激高する馬鹿子息。

言葉を失う私たち。

……………さぼった。

言うにことかいて、何を言ってるの……？　この馬鹿は。

おそらくこの場にいる全員、そう思ってるでしょうね。

「……どういうことだ？　ジュリアス」

感情のこもらない静かな声で、お父様は公爵様に尋ねます。それがかえって、怒りの深さを感じさせます。怒りの沸点を大幅に超えると、人は感情を失うのですね。

お父様にそう尋ねられても、公爵様が答えられるわけありません。彼は力が抜けたように、その場に座り込んでいます。一気に老けた感じがしますね。同情はしませんわ。因果応報ですもの。年がいってからできた息子ですものね、散々甘やかしたツケが回ってきたようですわ。

私は公爵様に向けた視線を馬鹿子息に戻します。

「それは違います。断じて違います。辺境地の方々のせいではありません。彼らは自分の身を削ってまで、自分の領土にいる民、ひいては皇国の民を魔物から護り続けてくれた。いつしかそれを当たり前のように思い、感謝の気持ちを忘れてしまった。軽視してしまった。そして遂に、最悪の形で裏切ったのです。悪いのは、第二皇子と私たち皇族と貴族です」

辺境地を治めるのはコンフォ伯爵。私が現在、滞在しているのも伯爵の家です。伯爵が治める辺境地は魔の森に面しています。魔の森には澱（よど）みがあり、そこから魔物は生まれます。故に結果として、魔物の多くは魔の森から出現するのです。

言わば、コンフォ伯爵が治める辺境地は魔物討伐の最前線。

そこに、ドレスや宝石などいりません。一体、何の役に立つのでしょうか。

「ただの婚約破棄だろ？」

「そうよ。そうよ」

鼻で嗤（わら）うように言い放つ馬鹿子息とアンナ。

本当に知らないのね。それとも、都合がいいように解釈してるのかしら。どちらにせよ、知らないってことよね。あ〜その顔を踏み潰したいわ。でも今は我慢しないといけません。

「事の発端はそうです。しかし、それだけでは終わりませんでした。第二皇子とその取り巻きたち、そして第二皇子の恋人の手によって、元婚約者は無残にも殺害されたのです」

「「なっ!?」」

二人とも驚愕してるようですが、ここまでは皇国の民なら全員知っていることですよ。

さすがに、教育上悪いのでどのような最期を迎えたのかまでは記載されませんでしたが。死者にも人権がありますからね。ただ、貴族籍がある者は成人になった時に親から教わります。貴方はすでに成人していますよね。

「無実の罪で投獄し、拷問をした上、さらには嬲りものにして。そして、亡骸を平民の共同墓地に棄てたのです。王弟殿下が事実を知り慌てて駆け付けた時、その亡骸は、誰だか判別つかない程酷い状態だったと伝え聞いております」

思い出す度に胸がギュッと締め付けられますわ。

とても美しい方だったと皆から伝え聞いております。今でも、彼女の墓には絶えることなく花が供えられていますよ。

「この話は、貴族なら知っていて当たり前です。平民でさえ、何故殺されたか知っておりますよ」

知らないのは貴方たちだけですわ。

「そんな事実、僕は知らない。見え透いた嘘を吐くな!!」

「私も聞いたことないわ。そんな作り話をして逃げようなんて許さないんだから!!」

興奮する馬鹿子息とアンナ。

丁寧に教えて差しあげたのに、怒鳴られてしまいましたわ。

「貴方たち、頭大丈夫ですか？　皇帝陛下がおられる前で、皇国の骨幹に関わる事柄に関して嘘が吐けますか？」

思わず、そう突っ込んでしまいましたわ。

こんな馬鹿たちにわかるように話すなんて、ほんとストレスしかありませんわ。でもせっかくです。これも生きた教材にしないといけませんよね。

いくら歴史で習っていても、親から聞かされていても、平和な時代が続けば、どうしても危機感は薄れてしまう。それは仕方ないことでしょう。それを責めるつもりはありません。

ありませんが、この風潮をこれ以上看過することはできませんわ。

馬鹿子息とアンナ嬢は例外中の例外ですが、辺境地の重要性と役割を軽んじる風潮があるのも、悲しいですが現実なのです。

馬鹿子息も言っていましたが、服装や立ち居振る舞いに関して、陰で冷笑している貴族が多いのも、私たち辺境地に住む者を軽んじる態度の表れでしょう。魔物の討伐に忙しくて、お茶会やパーティーに参加できないのも、そういった風潮を加速させているのだと思います。

このまま何の手も打たなければ、今度こそ彼らは皇国を去ってしまう。そうなれば、皇国は滅んでしまうでしょう。それは間違いありません。

愚かな貴族たちが死ぬのは構いません。自業自得ですから。でも、そのせいで民が犠牲になるのは我慢できません。

それを防ぐためにも、馬鹿子息とアンナ、そしてこの馬鹿子息をきちんと教育しなかった筆頭公爵夫妻には、皇国の未来のための礎になってもらわなければなりません。当然、アンナの両親にも諦めてもらいましょう。

「辺境地だからと蔑まれ続け、皇族から打診され結ばれた婚約も一方的に破棄され、無残にも殺された。それも第二皇子が自分の欲望を叶えるために。そしてその亡骸は、埋葬されることなく平民の共同墓地に棄てられた。そのような仕打ちを受けて、許すことができますか？　国を護るために、その身を盾にできますか？」

黙り込む馬鹿子息とアンナ。その顔色は真っ青でした。

少しは、自分がなさろうとしていたことが、どういう意味かわかっていただけたでしょうか。貴方たちはまるっきり同じことをしようとしていたのですよ。

「当時の皇帝陛下は息子可愛さに、愚策にも、形ばかりの処罰を第二皇子と側近たちに下し、伯爵には多額の賠償金で何もなかったことにしようとしました。王弟殿下が亡骸を領地に運ばなければ、ご遺体はそのまま野ざらしになっていたでしょう」

人として最低最悪な行為です。彼らは二度、伯爵令嬢を殺したのです。

「……それで、どうなったんだ？」

馬鹿子息は震えながらも訊いてきます。

「勇敢な者たちは領地に籠もりました。自分の領民を集め、彼らだけを護る盾になったのです。当然、辺境の警護も手薄になります。手薄になったところから魔物は入り込みました。そして、皇国の民を蹂躙していったのです。皇帝陛下や貴族たちは伯爵に助けを求めましたよ。原因になった自分の息子と新しい婚約者、そして側近たちの首を差し出して。しかし自分の首は差し出さなかった。おかしいとは思いませんか？」

　二人とも多少の想像力はあったようですね。カタカタと震えながら大人しく聞いています。

「……人は無力です。鋭い牙も鋭い爪も持っていません。強靭な肉体も持ってはいません。さっきまで鍬を持っていた周辺の領民になす術などありません。当然、貴族もです。……唯一、戦う力を持つ騎士団も魔術師も魔物にはかないませんでした。当然ですね。彼らが相手にしていたのは、人だからです。魔物など相手にしたことがなかった。一度もね……」

　一旦、私は言葉を切りました。ここにいる誰もが、音を一切立てずに聞いています。

「嫌なことも辛いことも、全て伯爵様の一族に押し付けていた。それをこれっぽっちも悪いとは思っていなかった。当たり前だと考えていた。だから、感謝の気持ちもなかった。なかったから、平気でこの皇国の護り神だった伯爵家を蔑ろにした。最悪の形で裏切った。その結果、皇国の滅亡の危機を招いたのです」

「……でも、滅亡はしなかったじゃないか」

　馬鹿子息が俯いたままポツリと呟く。

「だから？　まさかそれで、貴方の暴言が取り消されるとでも思っているのですか。もしくは軽くなるとでも。ありえません、反対です。貴方たちの罪を確認するために言っているだけですよ」

　勘違いしないでくださいね。

「だったら、謝ればいいんだろ!!」

そんな投げやりの心が籠もっていない謝罪になんの意味があるんです。

「謝って済む段階はとうに過ぎています」

「どこまでも生意気な。誠心誠意謝ったから、伯爵は許したんだろ!!」

だから、「お前も許せ」っと仰りたいのですか？　本当に、顔の皮が厚い人ですね。

「貴方の言う通り、確かに皇国は滅びはしなかった。それは皇族や貴族たちが謝罪したからではありませんよ。一人の人間の真摯な姿に心を打たれたからです」

そう……彼のおかげで、この皇国は救われたのです。

私の声が響く中、唐突に、だがはっきりとその声は聞こえました。

「煩い」

悪意を含んだ小さな声が、私と馬鹿子息との話に水を差したのです。

え……？

一瞬聞き間違いかと思いましたわ。まさかこのタイミングで、そんなことを言い出す人がいるとは想像だにしませんでしたから。

私は声の主の動向を見るために、さり気なく侍女二人に離れるよう指示を出しました。渋々ですが、侍女二人はナイフを退け離れます。安心なさい、彼らは後であげますから。

「さっきから、関係のないことばかり話して、はぐらかそうとしても許さないんだから!!　それって昔の話でしょ。今は関係ないじゃない!!」

真っ青でカタカタと震えていた女性とは思えませんね。あれは演技だったんですか？　あっ、ナイフを首筋に当てていましたね。だからですか。話の内容に震えていたわけではなかったのですね。とても残念ですわ。

「関係ないと仰る（おっしゃ）の……」

またしても、低い声が出てしまいましたわ。

「そうよ。私を虐（いじ）めたじゃない」

まだそれを引っ張りますか。うんざりです。振り出しに戻った感アリアリです。内心、後はお父様にお任せして帰りたくなりましたわ。

「何故、私が貴女を虐（いじ）めなければならないのです？」

「スミール様に愛されているからよ!!」

だから、それがどうしたというのです。

「私がスミール様を愛しているとでも思っているのですか。いいえ、全く、これっぽっちも愛しておりません。なので、邪魔する必要も、虐（いじ）める必要もありません。それにそもそも、私は隣国の学園に通ってます。どうやって虐（いじ）めるのです？　誰かにやらせたと？　そんな人いませんよ。お茶会に参加したこともないのに」

きっぱりと否定しました。そんな勘違いされるなんて、不愉快でしかありませんから。だけど私も皇族の一員です。関心がないからといって、婚約者の役目を放棄するつもりはありませんでしたわ。ところで馬鹿息子、何故貴方がそんなにショックを受けているのです？　私が貴方に好意があるとでも思っていたのですか？　貴方のどこに好意を持つ要素があるのです。会えば、見当違いのことで怒鳴られ、誕生日などのプレゼントも一度として贈られず、手紙一つない。そんな目にあえば、嫌いこそすれ、好意を持つなんてありえませんわ。それに、そもそもお茶会に参加したことがないんです。パーティーも。もちろん、招いたこともありませんよ。辺境地で魔物討伐していたせいもありますが。そもそも私は――

「セリア様。心の声が漏れています」

私の背後に回り込んだ侍女が、それとなく耳打ちしてくれました。

失礼しましたわ。どうりで、馬鹿子息が項垂れているのですね。聞かれて困るものではないので別に構いませんが、これからは気を付けないといけません。

「そんな見え透いた嘘を吐くなんて。スミール様を愛していたから、私に酷いことをしたんでしょ。さっさと認めなさいよ‼」

酷さを通り越して醜悪しかありません。話が全く噛み合わない。魔物の方がまだ可愛げがありますわ。いったい、どんな育ち方をすればこうなるのかしら。隣をご覧なさい。貴女の愛する方がその態度に引いていますわよ。

「嘘って……私はまだ、成人しておりませんよ」

学園も先月入学したばかりです。もしかして、元婚約者の年齢も知らなかったのですか？　無関心もいいところですね。

「だったら、何で、このパーティーに参加してるのよ‼」

そういう貴女は、愛人枠で参加しているのでしょう。

彼女の指摘通り、本来ならこのようなパーティーの場に、成人していない私が参加するのはおかしい話なのですが、今回は特別に参加が認められております。

何故なら、このパーティーは……

「……貴女は、このパーティーが何を祝って催されているのか知らないのですか？」

「そんなの知らないわよ‼」

まさか、そんな返答がこようとは……だから思わず、呟いてしまいましたわ。

「貴女は本当に貴族なのですか？　この皇国の民ですか？」

その呟きはおそらく、その場にいる全員の胸にも浮かんだはずです。

今日が何の日か。

皇国に住む者なら皆知っています。知らないはずがない。

なのに、アンナから出てきた言葉は全てを否定するものでした。

信じられません……許せません。

だって今日は、この皇国を救った英雄が生まれた日ですよ。今王宮で開催されてるのは、それを祝うパーティーなのです。同時に、魔の森の脅威から皇国の民を護っている伯爵様たちを労う場でもあるのですよ。わかっているのですか。

平民も、この場に参加できない下位の貴族たちも今日は仕事を休み、英雄の生誕を祝います。あの女にとっては、ただの祝日なのかもしれませんが。

英雄である王弟殿下が亡くなった日は、民の全員が哀悼の意を込めて黒の服を着ます。伯爵令嬢が殺された日もです。

そうやってずっと、皇国が滅び掛けたことを忘れないようにしているのです。悲劇と向き合い続けているのです。二度と同じ悲劇を繰り返さないために。

本来なら、このパーティーに参加するのはコンフォ伯爵様でした。しかし、魔物の活動期に入ってしまい砦から離れられません。当然、隊長や副隊長たちもです。

とはいえ、仮にも主賓が、パーティー不参加では格好がつかないのも事実。というわけで、隣国に留学していた私が急遽参加することになったのです。まぁ一応、未成年ですが関係者になりますからね。

この大事な日を、大事な事柄を、ただの昔話だと一蹴する神経が到底私には理解できません。

「何、当たり前のこと言ってるのよ!!　この国に住んでるんだから、この国の人間に決まってるじゃない!!」

髪を振り乱し食ってかかってくる様子は、眉を顰めてしまう程にマナーも何もなく、あまりにも見苦しくて滑稽でした。

「スミール様、貴方はこんな女を愛したのですか？　何が良かったのです？　惹かれる要素がどこにあるのですか？」

思わず尋ねてしまいましたわ。しかし、馬鹿子息の答えは返ってはきません。ショック過ぎて放心しているようです。

反対にアンナは、汚い言葉で私を罵りま す。私が皇女だと忘れてしまったのでしょうか。脳みそ入ってます？　皺ありますか？　不敬罪で死にますか？

アンナの言う通り、確かにこの国に住んでいれば、籍を持っていればこの国の人間でしょう。だけど私が言っているのは違う意味です。何故それがわからないのですか。

「貴女は皇国の貴族として、民としての誇りはないのですか？」

「誇り？　それが何なの？　辺境地に追いやられたくせに、偉そうなことを言わないで!!」

アンナは私にそう吐き捨てました。

少しは期待した私が馬鹿でした。愚かでした。こういう人間もいるのですね。だけど、これだけは言わせてもらいます。

「辺境地に追いやられた？　何を言ってるんです。私は皇族を代表して辺境地に赴いているのです。棄てられたわけでも、追いやられたわけでもありません」

「ふんっ。そう思ってるのは、貴女だけじゃないの」

アンナは明らかに私を馬鹿にしています。

端から私の言うことを聞く気はないのですね。よくわかりました。

それでも、私は誤った認識のままでいてほしくはありませんでした。

私のことは何と言われようと構いません。

ただ……辺境地が、厄介者が大勢いる場所だと思われたままは嫌だったのです。どうしても……

その思いで言葉を続けます。

「コンフォ伯爵家から見放され、平民を壁にしながら逃げ惑うだけの貴族がほとんどの中で、唯一、最後まで民を護るために戦ったのが、後の英雄である王弟殿下でした」

「それがどうしたのよ」

アンナは反論してきます。素直に聞く気はさらさらないようです。

「最後まで聞きなさい‼」

ここにきて、初めて強く叱責しました。少し強く言い過ぎたかしら。アンナはビクッと身を竦（すく）ませ震えています。戦場ではこれくらい普通なんですけど。まぁいいわ。大人しくなったし。

「続けます。……王弟殿下は腕を失い、片目を失いながらも戦い続け、最後は立ったまま絶命したそうです。王弟殿下は一度もコンフォ伯爵家に対し、戦えとは言いませんでした。悪いのは、我々の方だと。その潔さと、民を護ろうとする真摯（しんし）な姿に心を打たれ、コンフォ伯爵家はもう一度、皇国の護り神としての役割を果たす決意をしたそうです。ここまでは理解できましたか？」

アンナは頷（うなず）きもしない。反抗的な態度ですね。あっ、ブルブルと震えだしましたわ。そうでしょうね。侍女二人の殺気が凄いですから。彼女たちに表情は全くなく、それがかえって怖いです。とうとう、猿轡（さるぐつわ）を取り出しましたわ。

「そして、王弟殿下を慕っていた第一皇子が皇帝陛下を討ち、次の皇帝陛下となりました。彼はいろいろなことを取り決め、後に賢王と呼ばれるようになりました。その皇帝陛下が取り決めた事柄の中に、皇族はコンフォ伯爵家と一緒に民を護るという一文があります」

「……っ！　ん～！」

相変わらず反抗的な態度ですね。喋れない分私を睨んできます。いい加減うんざりですわ。もうすぐ終わるので我慢しなさい。

「皇族の中で一番魔力がある者が、辺境地に赴き魔物の討伐に参加する。つまり、私のことですよ」

わかっていただけましたか。さて、ここまで長々と話したのには理由があります。

それでは、そろそろ詰めましょうか。

「そして今日は、王弟殿下の生誕の日。魔物討伐に関わる者たちを労うこの大事なパーティーの場で、貴方たちは何をしましたか？」

口元だけはにっこりと微笑みながら、私は馬鹿子息とアンナにそう尋ねました。ほんと、ここまで長かったですわ。

「何か言ったらどうですか。無言のまま項垂れてても何も変わりませんよ、スミール様。いまさら、無言は許されません。ほら、隣にいる貴方の恋人をご覧なさい。彼女のように、猿轡を噛まされていないのだから、言葉を発することはできるでしょう」

常識のない人間は最後まで常識がありませんでした。なので、途中から猿轡を使用いたしましたわ。聞くに耐えない言葉を発していましたし、ある意味、彼女は獣と同じですからちょうどいいでしょう。自分の欲求に忠実な点は特に。

「英雄の生誕、そして皇国の護り神に感謝するパーティーの場で、皇国を滅ぼし掛けた悲劇の一端を再現された感想をお聞かせくださいな。皆、聞きたがっていますよ。そうでしょう、皇帝陛下」

ここまで自由にさせてくれたお礼を兼ねて傍観者に徹していたお父様に振ってあげましたわ。

「ああ。聞きたいな」

口角が上がって微笑んでいるように見えますが、目は全く笑ってはいません。どこまでも冷たく鋭い目で、馬鹿子息を見下ろしています。もちろん、私もです。

ほんの少し私たちと視線が合っただけで、馬鹿子息はガダガダと震え出しました。

まぁ当然ですね。鍛え方が根本から違うのですから。

「さぁ、皇帝陛下もそう仰（おっしゃ）ってるのです。早く、教えてくださいな」

にっこりと微笑みながら催促します。すると、か細い声が聞こえてきました。

「………ゆ……許してくれ」

「許す？　何を許すのですか？」

貴方に情状酌量の余地があると思ってるのですか。

「ぼ、僕は悪くない。騙されただけなんだ。……そうだ。この女に騙されたんだ。だからもう一度僕とやり直してくれ、セリア」

いまさら、馬鹿子息に嘆願されてもね……。言うにことかいて、やり直したいなんて。本気で思っているのでしょうか。もしそうなら、なんておめでたいんでしょ。

そうそう、別の意味でありえないと思っている人間もいるみたいですよ。猿轡（さるぐつわ）をしたまま、獣のように唸（うな）っている方がね。血走った目で自分を裏切った恋人を睨んでいます。つい数十分前はとても仲のいい恋人同士、運命の相手でいらっしゃったのにとても残念ですわ。

「やり直す気などさらさらありませんわ。言ったではありませんか、婚約を白紙に戻すと。構いませんよね、お父様」

「ああ。今この場をもって、我が娘セリアとスミールとの婚約を白紙に戻すこととする」

この宣言をもって、私と馬鹿子息との婚約は正式に解消されました。思わず、微笑みましたわ。

反対に、筆頭公爵様は呆然としたまま、崩れるように膝をつきます。

これで、彼の思惑は完全に潰えましたわね。

正統な後継者である長子がいながら、元は妾の子である馬鹿子息を、私と結婚させることで継がそうと目論んでいた。たまたま、皇家から婚約を打診されて思い付いたようでしたけど。浅はか過ぎません？　まぁでも、公爵家が今までと同じように存続できるとは思いませんけどね。よくて子爵か男爵に格下げ。悪ければ平民落ち。最悪、死刑もありますわね。不敬罪はそれ程重い罪なのです。私なら平民落ちが妥当だと思いますが。どちらにせよ、これから大変ですね、元公爵様。貴方を義父と呼ばずに済むなんて、心から馬鹿子息に感謝しますわ。

こういう時、扇ってほんと便利ですね。にんまりと笑った口元を上手く隠せますから。

「ありがとうございます、皇帝陛下」

公爵様から視線を外し、お父様を見上げます。

「私の方こそ悪かった。辛い思いをさせたな、セリア。まさか、こんな屑だとは思わなかった」

苦痛に満ちた表情を見せますが、嘘臭く感じるのは私だけでしょうか？　本当にそう思ってます？　さすがにこの場では訊けませんが……時間があれば、後で問い質したいところです。

「セリア!!」

全て終わったはずなのに、まだ現実を直視できない人がいますね。

「先程から、誰に向かって口をきいているのですか」

私は皇女ですよ。

「セ、セリア様!!　僕は——」

様ですか。やはり、及第点以下ですね。この場合、セリア皇女殿下でしょう。

言い直したつもりの馬鹿子息は、まだ縋りつこうとしてきます。それを止めたのはお父様でした。

「衛兵、この男を地下牢に放り込んでおけ!!　ついでに、この女もな」

お父様はアンナを指差します。

「はっ!!」

駆け寄ってきた近衛騎士たちは、両脇から腕を掴み乱暴に馬鹿子息とアンナを立たせると、なかば引き摺りながらパーティー会場から出ていきました。もちろん、元公爵様もです。

やっと、静かになりましたね。最後まで往生際が悪かったですが。

邪魔者が排除され、ずっと止まっていた音楽が流れ出しました。徐々に元に戻り出す会場内。

そんな中、お父様が私に手を差し出してきました。もしかして、ファーストダンスのお誘いですか。あの馬鹿子息の代わりに相手をしてくださるの。嫌だと言っても、絶対引きませんよね。ならここは、素直に踊りましょうか。代わりといってはなんですが、一つ希望をきいてもらいましょう。

「皇帝陛下。いえ、お父様。一つお願いがありますの。あの馬鹿子息とあの女を私にくださいませんか」

くれますよね。もしくれなかったら、侍女二人が何をするかわかりませんよ。もちろん、私は止めませんわ。

「やっぱり、娘と踊るのが一番楽しいな」

パーティーが終わった数日後、しみじみと紅茶を飲みながら呟いているのは、お父様です。まるでお祖父様のような台詞ですわね。まだ、三十代後半でしょう。見た目は二十代なかばですが。

「父上。その台詞、嘘っぽいですよ」

苦笑しながら、私の気持ちを代弁してくれたのは一番上のお兄様です。ちなみに私は三兄妹の末っ子です。姉はいませんよ。

そうそう。リム兄様もあのパーティーに参加していました。ええ、間違いなく参加してました。ジム兄様は家出中なので不参加でしたが。

「それは酷いぞ、リム」

お父様は苦笑しながら答えます。

パーティーの時も思ったのですが、この手の台詞をお父様が言うと、やけに白々しく感じてしまいますわ。

といって、お父様が私たち子供に対して愛情がないわけじゃありませんの。ただ、父親である前に皇帝陛下なのです。皇国や民が優先なのです。

幼い時は幾度も寂しい想いをしてきましたが、今はわかります。これが、国を背負うということなのだと。

「リム兄様の言う通りですわ。でもリム兄様も酷いですわ。妹が虐げられてるのに、助けにきてくださらないんですから」

「私が行く必要がないだろ」

「まぁ、そうですけど、それでも助けにきてほしかったわ」

ちょっと拗ねてみせます。すると、少し困った顔をしながらリム兄様が言いました。

「本当に虐げられていたならな」

それはどういう意味でしょう。

「虐げられてましたよ？　婚約してからずっと。冤罪まで掛けられましたし」

「そうか。なら、そういうことにしとこう」

おや？　もしかして、お兄様気付いてらっしゃるの。

そう……気付いていたのですね。さすが、リム兄様です。その顔はいろいろご存じのようですね。

一度もその件について、お父様やリム兄様と話したことはありませんのに。まぁ、お父様も私に相談してくれませんでしたが。話してくれたらって、少しは思いましたよ。そうですね。良い機会です。そろそろ腹を割って話しましょうか。まず、私から。

「でも、まぁこれで、国の財源を削らずに済みますね、お父様」

公爵領の鉱山からミスリル鉱石が発見されたのが、六年前。

その一年後、私の婚約が決まりました。

お父様の意図は、それとなくだけど察していましたわ。

お父様はミスリル鉱山が欲しいのだと。それは私も同じでした。

だからスミール様が初対面であのような態度をとられても、婚約を解消しようとは口にしませんでした。本心をひた隠しにしながら、私さえ我慢すればいいと思っていましたわ。自己犠牲が美徳とは言いません。ただ……間近で見続けてきましたの。

魔の森での討伐の現状を——

討伐には正直莫大なお金が掛かります。砦(とりで)を維持し、装備を常に整えなければなりません。そして、兵士たちの給料と万が一の時の手当。その他の雑費をいれると、それはそれは毎月、かなりの額になるのです。しかし、それを削るわけにはいきません。皇国の生命線に繋(つな)がるからです。

魔物から取れる魔石や解体の品を売っても賄(まかな)いきれません。なので、足りない分は皇国から出ていました。皇国復興のための同盟国から借りたお金は払い終えていますけど、それでも、国庫を圧迫しています。

今回の件で、喜々としてお父様は公爵の領地を没収するでしょう。そして皇国領にする。

結果、ミスリル鉱山を手に入れるのに成功します。

これで、国庫は潤うでしょう。

ほんと、スミール様が馬鹿で助かりましたわ。やらかした罪は軽くはなりませんが。

「ああ。これで、国庫の負担はかなり抑えられるな」

悪びれることなく、お父様は答えます。

「例の件も進められますね、父上」

「そうだな。あの屑のおかげで表立って反対する者は少なくなるな」

「例の件って、何です？　リム兄様」

私だけ除け者は嫌ですわ。

「セリアには話していなかったか。ここ最近、辺境地の重要性を軽視する者が多い。特に、学院の生徒だ。彼らが親になったらと思うと将来が心配でね。父上と話していたんだよ。そろそろ、矯正が必要じゃないかって」

お父様の代わりにリム兄様が教えてくれました。

「それはナイスアイデアです。徹底的に矯正しましょう。もちろん、お手伝いしますわ。それで、どういう方法で？」

「新しく、合宿所のようなものを建てようかと考えてるんだけど、セリアはどう思う？」

リム兄様に意見を求められました。

「そうですね。合宿所ですか……。ならば、必須の単位として組み込んではどうでしょう？　同時に人間性も見られますわよ。リム兄様が皇帝になった時、それは大いに役に立つんじゃないかしら」

なるほどと、リム兄様は考え込んでます。

「そうそう。もし、合宿所を建てるのなら、必ず入所者に一筆書いてもらってくださいね。〈体の一部が失われたり、あるいは寝たきり、もしくは死んでも訴えたりはしません〉って。……リム兄様、私、何かおかしなことを言いました？　かなり引いてらっしゃいますが。これ、とても大事なことですよ。魔物討伐に関わる者は皆書いてますよ。当然、私も」

そう答えると、リム兄様は何かショックを受けたようで、弱々しい声で訊いてきました。

「……書いているのか？」

「はい」

元気よく答えます。

リム兄様、どうかしましたか？　かなり疲れているようですが。

反対に、お父様はとても楽しそうですね。

「……ところでセリア、あの屑たちをどうするつもりだ？」

お父様が突然話題を振ってきました。

「【自動回復の魔法】を掛けてから、侍女たちに渡しますわ。その後は、魔物を誘き寄せる囮として働いてもらうつもりです」

経費削減です。肉屋からお肉を買う代金も積もれば馬鹿になりませんからね。

「リム兄様、大丈夫ですか⁉　体調が優れないのでは。顔色が悪いですよ」

「……気にしなくていい」

リム兄様は途中で退席してしまいました。大丈夫かしら。お医者様呼んだ方がいいんじゃ……お父様はいらないと笑ってますが、後でこっそりお医者様を呼んであげましょう。

座学と実技は入学してすぐに試験を受けパスしているので、急いで学園に戻る必要はありません。

一か月後に控えている実地試験に間に合えば特に問題ないです。

学園は学院とは違い、超実力主義の学校ですから実力さえ学園側に示せれば、最低限の出席日数でも進級できます。事実、クラスメートが全員揃ったのは入学式と実地試験だけですわ。私が学園を選んだ理由はまさにそこですね。

学園では皇族も貴族も平民も関係ありません。皆、同じ入学試験を受け、実力に応じたクラスに割り振られます。

つまり実力がなければ、皇族であっても最下位クラスになります。まぁ、皇族や貴族がそうなったら、かなり白い目で見られるでしょうが、勉強を怠っただけのこと。自業自得ですね。

反対に、最下位クラスからのし上がってくる強者もいますよ。

ちなみに、私は最上位のSクラスです。日々努力していますから。

それはさておき、魔の森を迂回(うかい)しなければいけませんから本来なら移動時間だけで、隣国までは優に一か月以上掛かる距離です。魔の森を横断すれば二週間で着きますが、こちらはお薦めできません。命が幾つあっても足りませんよ。

本来なら、とっくに出発していないと間に合わないのですが、【転移魔法】が使えるので、ギリギリまでこっちにいられます。最悪、当日の早朝に戻ればいいでしょう。その分魔力の消費は大きいですが、特に問題ありません。鍛え方が違いますから十分戦えます。

なので、家族でお茶会をした翌日、そうそうに辺境地に戻ってきました。魔物が活動期に入ってましたし。もちろん、侍女二人と、馬鹿子息とアンナを連れてですよ。

「ただいま戻りました。これ、お土産です」

今回のお土産は特別です。皆が欲しがっていたものですよ。

コンフォ伯爵家の敷地内にある私専用の屋敷に戻り、にっこりと微笑みながら、出迎えてくれた皆に馬鹿子息とアンナを手渡しました。

皆、満面の笑みを浮かべて喜んでくれましたわ。

主としては、自分を支えてくれる者たちの笑顔は嬉しいものですね。

そんな私の気分を害する音が足元から聞こえてきます。猿轡を噛まされている二人の呻き声でした。効果音としてはいまいちですね。あっ、侍女二人に踏まれて静かになりました。ほんと、彼女たちは優秀です。そうそう、これだけは伝えておかないと。

「すでに、【自動回復の魔法】と【精神付加の魔法】を掛けてあるので、少々可愛がってあげても大丈夫ですよ。ただし、壊しては駄目です。この後、砦で働いてもらわなければなりませんから」

「砦ですか？」

執事のスミスが訊いてきました。ちなみに本名ではありません。暗部で働く者には名前がなく、彼が引退する時に私が名付けました。

「ええ。魔物を誘き寄せる囮にします」

「囮にですか。その分、経費が浮きますね。しかし、囮にするなら、【自動回復の魔法】だけでは心もとないのでは。せめて、【自動再生の魔法】を重ね付けした方が長持ちするのではありませんか」

確かに、スミスの言う通りですね。そこまで気が回りませんでしたわ。限りある命、有効に使わなければいけませんね。途中で壊れてしまってはもったいないですから。
早速、【自動再生の魔法】を重ね付けしました。ついでに【精神付加の魔法】も強化しましたわ。これで大丈夫、心臓を突かれても死にはしませんわ。傷付いても筋肉が再生されます。

「これで安心ですね。スミール様、アンナ様」

涙目ですね。もちろん、それは嬉し涙ですよね。泣くほど喜んでいただけるなんて嬉しいですわ。次は魔の森をご案内しますね。それまで、この屋敷でゆっくり寛いでください。侍女たちが誠心誠意、おもてなしをしますから。

「シオン大隊長。ただいま遠征から戻りました」

お土産を渡した後、その足で砦に顔を出しました。いろいろ報告することがありますからね。

「いやいや。その言い方はおかしいだろ。実家に顔を出しただけじゃないか」

焦げ茶の短髪に長身。体躯ががっしりしていて、頬に三本の爪痕が残る男性が、呆れた口調で突っ込みを入れてきます。

この方が、我が皇国の護り神。シオン・コンフォ伯爵様です。お父様より五歳年上で、私の家族と同じく三人のお子様がいらっしゃいます。三人とも、それぞれ辺境地で力を奮っておいでです。今は全員隊長の任を賜っておりますわ。

今は全員出払ってるようですね。魔物が活動期に入ってるので、パトロール中でしょう。

「それは違いますよ、大隊長。大隊長の代わりに、パーティーに参加したのです。いわば、遠征でしょう。パーティー会場は戦場ですよ。武器の代わりに頭脳と話術を使って味方を引き入れ、敵を潰します。ちなみに装備はコルセットとドレス。ピンヒールですね」

「いや、それは極々一部の連中だろ」

大隊長、完全に呆れてますね。そんなにおかしなことを言いました？

「そうですか？　現に今回、敵を家ごと潰してきましたが」

しれっと答えます。

敵を倒したのだから、これは立派な遠征ですよね。違いますか？

「はぁ～。いったい、何をやらかしたんだ⁉」

これでもかなり抑えて言ったつもりだったんですが、大隊長は腰を上げると身を乗り出し詰問してきました。

「失礼です、大隊長。私は何もやらかしてはいませんよ。相手が自滅したので、止めを刺しただけですよ。結果、家ごと潰すことになりましたが。ただそれだけですよ」

「ただそれだけってな……。簡単に言うが、どの家を潰したんだ？」

「筆頭公爵家です」

素直に答えました。

「ほぉ～とうとう潰したか」

さっきとは全く対応が違いますね、大隊長。そんなに喜んでもらえると、潰してよかったと心から思いますよ。

大隊長からは何度も、婚約を破棄するように言われてました。お父様にも、何度も諫言してくださいましたね。他の隊長たちも知ってました。

ミスリル鉱山を得るために結ばれた婚約だと――

だから、事情を知る人は全員、この婚約に反対していました。私が犠牲になることはないと、本気で心配し、怒ってくれました。その気持ちは涙が出る程とても嬉しかったです。だからこそ、私は婚約を破棄しなかった。できなかった。あのパーティーで馬鹿子息が自滅しなかったら、今も婚約を継続していたでしょう。

「はい。冤罪を掛けられ、婚約破棄を言い渡されました」

あれ……？　てっきり、怒鳴りだして暴れると思ったのですが、微動だにしませんね。ちょっと拍子抜けです。

「…………冤罪？」

ボソッと大隊長が呟きます。

「なんでも、スミール様の恋人を虐めたという罪ですね。恋人同伴で責められましたわ」

「学院に通ってないのにか？」

普通、そこに気付きますよね。

「ええ。そもそも、隣国の学園に通ってるのに、どうやって虐めるんでしょう。ましてや、私が皇女ではなく大隊長の娘だと勘違いしていたみたいで、いろいろ酷かったですわ。ほんと元婚約者とはいえ、ありえませんわ」

呆れながら報告する私の話を、大隊長は黙って聞いている。

「………そうか。わかった」

そう呟くと、大隊長は立て掛けてあった自分の愛剣を手に取る。

「何処に行くつもりですか？」

まさか、元公爵家に乗り込むつもりではありませんよね。

「心配しなくていい。あいつらには、すぐ戻ると伝えてくれ」

私に言伝を頼み、部屋を出ていこうとします。止めなければ。

「心配はしてませんわ。大隊長は強いですから。ただ、皇都にスミール様とその恋人はいませんよ」

ピタッと大隊長の体が止まります。

「何処にいる？」

振り返った顔は、まるでオーガのようでしたわ。怒りで顔を赤く染め、眉間に深い皺。魔物に免疫がない者が見たら、完全に腰を抜かしていましたわね。

「私の屋敷ですわ。お父様にいただいたので。今は屋敷の皆がおもてなしをしてますよ」

「おもてなし……？」

「はい。少々乱暴に可愛がってもいいように、魔法を重ね掛けしときましたわ」

「その目的のために連れてきたんじゃないだろ？」

さすが、大隊長。わかってらっしゃる。

「はい。魔物を誘き寄せる囮にしようかと。肉屋から仕入れる生肉や廃棄物も限度がありますし、肉を買うにしてもお金が掛かりますからね。もちろん、死なないようにしていますから、安全面は問題ありませんわ」

特に安全面を強調します。

「そうか、わかった。後でゆっくり皆で話を聞こう。今日の夜がいいな」

決定事項です。もう一回、隊長たちの前で話すことになりました。

果たして私は、あの隊長たちの怒りを鎮めることができるでしょうか。とても、とても心配です。

その日の晩、大隊長の宣言通り強制連行されました。

逃げ出さないように小脇に抱えられ連れて行かれた先は、大隊長の本宅です。いつの間に連絡を取ったのか、すでに全員集合していました。仕事は部下に全部任せてきたのですね……

「セリア〜〜〜〜」

いつも以上のハイテンションですね。しばらく会っていなかったから特に高いです。

反対に私の表情筋は、この瞬間完全に無になりました。だってその声がしたとほぼ同時、私は死に掛けるので。

まず、柔らかいもので顔全体が圧迫されます。男の人なら羨(うらや)ましいのかしら。夢見る人もいるんじゃないですか。でも、それは時として立派な凶器になります。そのまま背中に手を回されて完全に動きを封じられます。私には真似できない技です。

一応、私自身に【身体強化の魔法】を掛けているので骨が折れることはありませんが、息ができません。背中をバンバン叩いて苦しさをアピールします。何かの格闘技ですか。それで、ようやく解放してもらえます。

この行為、困ったことに会う度に繰り返されています。数分後に会った時もテンションは変わりません。逃げるのは簡単なのですが……逃げたら、もの凄く面倒くさくなります。他部署から苦情が多くくるので、精神的にダメージを受けます。なので、基本されるがままです。もはや無の境地ですね。

「大丈夫だった!? 辛かったよね!? 腹が立ったよね!?」

両頬を手のひらで挟み上を向かされます。相変わらず良い匂い、ですが今、私の首はグキッとなりましたよ。【身体強化の魔法】を掛けてて正解でした。力入れ過ぎです、ユナ隊長。

「そこまでにしとけ。話が進まないだろ」

大隊長が苦笑しながら助けてくれました。できればもう少し早く助けてください……

大隊長の一声で、ガラリと空気が変わりました。重苦しいものに変わります。

空気から察するに、どうやら私が婚約破棄したことは伝達済みのようです。ユナ隊長の言動で、そうだとは思っていました。

注意されたユナ隊長は渋々離してくれました。その代わり抱えられ、なかば強制的に隣に座らされます。

「いったい、何があったんだ？ 詳しく話してくれ」

大隊長の言葉に皆の視線が私に集まりました。その視線の強さと鋭さに怯(ひる)みそうになります。できませんけど。

詳しくですか……悩みますね。そうですわ、あれがありました。言葉にするよりも、じかにその目で見た方が正確で早いです。

というわけで、取り出したのはペンダント型の魔法具です。まぁ、後々の証拠の一つとして録画録音していたのですが、ここで役に立ちましたね。

再生しました。

段々、空気がひんやり、ピリピリとしてきます。

あ……いつの間にか真冬の寒さになってしまいました。室内に霜が降りるってどうなんですかね。

再生が終わると、ルーク隊長が静かに立ち上がりました。アーク隊長も立ち上がります。当然、ユナ隊長もです。行動が大隊長と同じですね。さすが親子です。

「お前たち座れ」

大隊長の言葉に隊長たちは殺気を放ちながら激しくブーイングします。

「いいから、座れ」

大隊長の言葉は絶対です。嫌々ながらも、隊長たちは渋々腰を下ろします。

「セリアを傷付けた馬鹿子息と女は、今セリアの屋敷にいる。そこで、特別なおもてなしを受けてたぞ。二人とも、とても喜んでいたな」

……わざわざ見に行ったんですね、大隊長。

「もしかして、参加しました？」

「ちょっとな」

悪びれず答える大隊長。

活動期に入ってるのに、何してるんですか？　大隊長。本当にちょっとですか？　ガッツリ参加したんじゃないですか？

さっきとは違う意味で、隊長たちからブーイングがあがります。

「お前たちも時間があったら参加していいぞ」

大隊長の許可が下りました。隊長たちはとてもとても喜んでいます。私が引くぐらいに。はぁ〜おもてなしをする人数が増えましたね……

「程々に、お願いします」

そう答えるしかありません。

「で、元公爵たちはどうなったんだ？」

大隊長が訊いてきました。やはり、気になるのでしょう。

「筆頭公爵様は終身刑の沙汰が下りました」

「終身刑？」

大隊長の声が低くなります。不満そうですね。でも、お父様はそんなに甘くはありませんよ。

「はい。ミスリル鉱山で死ぬまで働かされます。親子共々、皇国のために働いてもらいましょう。元公爵夫人とアンナの両親、男爵夫妻は領地没収のうえ、死罪の判決が下りました」

刑は近々執行されるそうです。

スミール様とアンナ様による真実の愛は大きな波紋となり、死刑執行される者が出るまでに至りました。仕方ないとはいえ、やはり、やるせなさが残ります。胸の奥が鈍く痛みますね。

誰か一人でも、近くにいた者が二人を窘め導くことができたのなら、少しは変わったのかもしれません。違う未来が訪れたかもしれません。いまさら考えてもどうにもなりませんが。

そんなことを考えていると、フワッと温かいものに全身包まれました。温かさの正体はユナ隊長です。私を心配してでしょうか。

私にしてはとても珍しいことですが、その温かみにもう少し浸っていたいと思いました。


「泊まられてもよかったのでは？」

夕食をご馳走になった帰り道、後ろを歩いている侍女が話し掛けてきました。もう一人は、先に屋敷に戻っています。

「絞め殺されるか、精神的にダメージを受けるか。貴女ならどちらを選ぶ？」

「私はどちらも嫌ですね」

私の侍女は本当に素直ですね。こういう時は、何も答えないものですよ。でも私は、こちらの方が好ましいですけどね。

「私もよ」

自然と笑みが浮かびます。

勝手にベッドに入ってきたユナ隊長に抱き枕にされるか、それが嫌で周囲に結界を張った結果、朝からその日一日落ちこんだままのユナ隊長の部下に苦情を言われるか。正直、どちらも嫌ですね。なので、屋敷に帰ることにしました。

同じ敷地内なので、大隊長の本宅から私の屋敷まで大した距離はありません。すぐに着きます。だけどこの夜は、私の足はいつもより重く感じました。黙って侍女は付き合ってくれます。

「……今回の婚約破棄。いったい誰が一番得したのかしらね？」

独り言のような声のトーンで呟（つぶや）いてしまいました。

「それは、皇帝陛下ですね」

その問に侍女はきっぱりと答えます。思わず苦笑が漏れます。ほんと、私は人に恵まれてますわね。

今回の婚約破棄で、皇家は大きな収入源を手に入れることができましたわ。そして、筆頭公爵家を潰すことで、お父様に批判的な貴族たちの首に刃を突き付けることもできた。そのことによって、長年計画を立てていたことを着手可能になりました。

一組の婚約破棄で得たものは、あまりにも大きい。

「初めからそう仕向けたのか……。それとも、あの場で思い付いたのか……」

知る術（すべ）はありませんが知りたいと思いました。お父様が本心を語るとは思えません。知り得ないからこそ、余計に知りたい。

しかし、侍女の考えは違いました。

「どちらでもよいのでは」

意外な侍女の言葉に私は後ろを振り返り、侍女を見詰めます。

「貴女は気にならないの？」

私はとても気になるのに。

「気にしてどうするのです。馬鹿子息と縁が切れたことを、素直にお喜びなされたらいいのです」

侍女は気持ちいいくらいにスパッと言い切ります。

「考え過ぎだと言いたいの？」

「そうではありません。考えることはとても大事だと思います。私が申しあげたいのは、導き出せる何らかの答えが先にあるから、人は考えるのではないでしょうか」

「つまり、この件については導き出せない、と貴女は言いたいのね」

「はい。答えはただ一人の胸の内にしかありませんから」

答えを知る唯一の人間が隠す以上、予想は立てられても正解は導き出せない。なら、考えるだけ無駄ってことですね。

「……そうね。貴女の言う通りだわ。ありがとう」

こういう瞬間、特に実感しますわ。宝石や最高のドレスにどれほどの価値があるのでしょう。本当に価値があるのは、侍女のような存在なのだと。大隊長たちといい、私は本当に人に恵まれていますわ。

「次の婚約者は、まともな方がいいですね」

侍女の言葉に私は苦笑します。

婚約者ね……

「……しばらくはいらないわ」

これは私の本心。

皇女である以上、皇国のための婚姻は責務、それはわかっているのです。でも……胸の内を正直に言えば、もう婚約はこりごりでした。

口には出しませんが、この婚約破棄は私なりにとてもショックで傷付いていましたの。

あんな馬鹿子息でも、私は彼を支えようと思っていました。愛することはできなくても、子を産み、それなりに幸せな家庭を築きたいと心から思っていました。蔑ろにされても、歩み寄ろうと思っていました。

愛の代わりに、友愛という形があると信じていました。

なのに、全て裏切られたのです。

好きな方ができたから破棄してくれって、正直に言われたのならまだ救いがありました。こんなに傷付いたりはしなかったでしょう。でもスミール様は、私に冤罪を吹っ掛け破棄しようとしました。私がとことん邪魔だったのですね。

胸が鈍く痛みます。

もう二度とこんな痛みを味わいたくありませんわ。

「ならば、存在価値を示されることが手っ取り早いと思います」

思い掛けない侍女の言葉が、私の心に一筋の光を射しました。

存在価値を示す……？

「つまり、私が皇国にどうしても必要な存在だと思わせればよい、と？」

私にできるの？

「はい。そうすれば、皇帝陛下はある程度融通をきかせてくれるのではないでしょうか」

確かに。お父様の性格を考えれば、十分考えられます。しかしそれは、茨の道です。並大抵の努力では成し得ないでしょう。必死で努力しても、無理かもしれません。それほど厳しい道です。

でも、皇女である自分が我を通すためには——

「やるしかないのですね……」

これが初めてでした。皇女ではなく、セリアとして決めたのは。

「セリア様。侍女として、どこまでもお供いたします」

彼女にそう言ってもらえるだけで、とても心強いです。彼女だけではありません。屋敷にいる皆も、私を支えてくれる大事な人たちです。私は皆に何が返せるでしょう。今はまだありません。だからせめて、私ができることを心を込めてしたいですわ。

「いつか、貴女の名前を決めることを許してくれますか？」

暗部に属する者は名前を持っていません。持つことを許されないのです。名前を持つということは、引退を意味します。

引退するその瞬間まで、いえ、それ以後も側にいてほしい。これが今の私の正直な気持ちでした。

「はい。良い名前を付けてくださいね、セリア様」

侍女の表情はあまり変わりません。だけど、その言葉が本心だと私にはわかります。

「もちろんですわ!!」

自分で選んだとはいえ、これからの道は平坦ではなく、険しく厳しいものとなるでしょう。途中で道が途切れているかもしれません。崖があるかもしれません。一人で進むなら、途中で挫けそうな悪路でも、私には手を差し出してくれる仲間がいます。

だから、絶対、乗り越えてみせますわ!!

その道を歩む選択ができたのは、婚約を白紙に戻したからですわ。白紙に戻さなければ、見えることがなかった道です。

スミール様、アンナ様、心から感謝しますわ。婚約破棄を宣言していただき、ありがとうございました。

第二章　近寄らないでいただけますか

講堂の前に人集りができていました。

やけにざわ付いてますね。遠目でもわかりますわ。

実地試験総合順位。

第一位、一年S組。セリア・コンフォート（二八九五得点）

第二位、二年S組。ウィリアム・グリフィード（八四二得点）

「まさか……あのウィリアム様が…………」

「……ありえないだろ、あの得点」

あちこちで、そんな声が聞こえてきます。どうやら番狂わせがあったようですね。

先日行われた実地試験の結果が貼り出されたようですわ。私も確認に来た一人です。

前にも言いましたが、学園は超実力主義です。特に実技に関してのレベルは周辺諸国の学校の中でも抜きん出ています。

その一環が、一週間にわたって行われる実地試験ですね。

試験内容は魔の森での魔物討伐です。制限時間内で、どれだけ魔物を討伐するかを競います。シンプルですよね。

魔物を数多く倒して点数を稼ぐもよし。高レベルの魔物に焦点を合わすのもよし。仲間と協力しても、私のようにソロでも構いません。どのような作戦でも実行可能。参加している生徒を襲わない限り、何をしても許されます。

超実力主義とうたうだけあって、学年順位とは別に三学年全体の総合順位も発表されます。皆が騒いでいたのはこれですね。

ちなみに、S組の者が総合順位三十位以内に入っていなければ、二学期からはA組に落ちます。余程、次の実技試験が良くない限りですが。

反対に下位の組が上位三十位以内に入ると、無条件で二学期からS組にランクアップです。下剋上ですね。

制服から何から全部変わるんですよ。当然、学園の待遇もですわ。

一番変わるのが衣食住ですね。食事や寮の部屋とかがわかりやすいですね。

つまり、制服や受ける特典によって、組が一目でわかる仕組みになっているのです。ほんと、シビアな世界でしょう。だから面白いのです。純粋に、自分の実力を試せるから。

順位表ですが、人集り（ひとだかり）を気にする必要はありませんでしたね。後ろからも十分見えますわ。

一位を取れて嬉しいですが、思った程点数が伸びませんでしたね。二八九五得点ですか。三千点を目標にしてたのですが、今一歩でした。やっぱり、あのワイバーンを仕留め損ねたのが痛かったかしら。後一歩だったのですが、狩る直前でタイムアップ。点数は加算されませんでした。次は必ず目標を突破してみせますわ。そんな決意をしている時でした。

「失礼。君が、セリア・コンフォートか？」

いきなり、声を掛けられましたわ。それも、呼び捨てで。誰ですか？　あ～貴方ですか。面倒くさい人に声を掛けられてしまいましたわ。これといって面識はありませんが、何かと目立つ御方なのです。良い面も悪い面も。なので、できれば関わりたくない人です。とはいえ、無視するわけにはいきません。

一応、彼のことは把握してますよ。入学式で挨拶（あいさつ）していましたし。この学園の生徒会長であり、この国の第二王子ですからね。ちなみに、王太子である第一王子は去年卒業しましたわ。

確かに、この学園は超実力主義をモットーにしております。故に、身分は一応関係ありません。ですが、初対面の人を呼び捨てにするのはマナー違反でしょう。

ましてや、私は一国の皇女ですよ。さすがに、呼び捨てされるなんて。それとも、かつて借金したことで下に見ているのでしょうか。学園でなければ、皇国に喧嘩を売った行為とみなされますよ。最低限のルールは守ってほしいですわ。そのせいか、あの馬鹿子息の顔が頭を過ってしまいました。どうしてでしょうか、ダブって見えます。

「これは、ウィリアム殿下。私に何か？」

周囲が息を呑む中で私は答えました。ちゃんと殿下と付けましたよ。一緒と思われたくありません。

「いや、特に用事はない。僕を抑えて、総合一位になった者の顔を確認したかっただけだ。そうだ。ぜひ、生徒会に入ってくれないか」

生徒会？

入るわけないでしょ。そんなどうでもいいことを言うために話し掛けたのですか。迷惑ですわ。もちろん、口には出しませんよ。

「お断りしますわ。では、私はこれで失礼します」

軽く一礼すると、私はさっさとその場を後にしました。背後から私を非難する声が聞こえてきましたが、当然無視です。これ以上、ウィリアム殿下と一緒にいたくはありません。さっさと退散いたしますわ。

この時は、この話は終わったものとばかり思っていましたの。

「朝からご機嫌斜めね、セリア」

朝、登校し席に着こうとしたら、隣の席のリーファが小声で話し掛けてきました。楽しそうな声音にちょっと腹が立ちます。

「リーファ。貴女は楽しそうね」

自然と嫌味っぽくなってしまいます。

「楽しいわよ。だって、あのセリアに男の影ですもの」

完全に楽しんでいますね。

特に隠そうとしないその様子に、思わず眉を顰めてしまいます。よく見れば、他のクラスメートたちも聞き耳を立てていますね。そんなに、人の不幸が楽しいんですか。悪趣味ですわ。でも、気持ちはわかります。逆の立場なら私も楽しんでいたもの。

「……ほんと、やめてくださる」

少し声が低くなってしまいましたわ。なのに、リーファはにっこり笑いながら続けます。

「心底、うんざりしてるみたいね。王子様の直々のお誘いなのに」

お誘いって……

確かにお誘いに違いありませんが、決して変な意味ではありません。生徒会役員の勧誘ですわ。

当然、即答でお断りさせていただきましたよ。一応丁寧にかつはっきりと。

なのに、ウィリアム殿下の猛プッシュは今も続いておりますの。ほんと、しつこい。ストーカーですか。

最初の方はきちんとお断りしていましたわ。だけどこの頃はそれも面倒くさくて、できる限り会わないように避けています。広い敷地ですからね、逃げ場所はいくらでもありますわ。はぁ～あの時、さっさと退散しましたのに。心底、憂鬱です。こんなことになるなら、見にいかなければよかったですわ。

そうです、優秀な生徒なら私以外にもいましたよね。ここにも。

「なら、代わってくださる？　推薦いたしましょうか？」

我ながらナイスアイデアだわ。リーファなら申し分ないもの。総合順位五位の実力者ですし、問題ありません。では、早速。あら、何で腕を掴むんです。

「マジ、やめて。からかったこと謝るから」

必死でリーファは私を止めます。

「……残念ですわ」

仕方ありませんね。とてもとても残念ですが許してあげましょう。そんな私を見て、リーファは苦笑しています。

「ほんとに残念そうね。でも普通なら、生徒会に誘われることって、名誉じゃないの？」

さっき必死で止めた貴女が言いますか。

まぁ確かに、この学園で生徒会に誘われることは名誉だと思いますわ。否定はしません。実力がなければ入ることはできませんから。だけど私にとって、そんな名誉などゴミと大差ありませんわ。

とても口には出せませんが。

「正直、面倒くさいだけですわ。そもそも、そんなに学園にいませんのに、何故生徒会に入らなければなりませんの」

まぁ、それだけが理由ではありません。

本音をいえば、ウィリアム殿下に関わりたくありませんの。どこか、あの馬鹿子息と似てるような気がして。王族というのも嫌ですね。厄介事の匂いしかしませんわ。

「そうよね～～。そんな時間があるなら、レベル上げをするわ」

同感です。聞き耳を立ててるクラスメートも大きく頷いていますわ。

現にリーファも、実地試験の後、そのままレベル上げのために魔の森に残ってましたね。私もパーティーに出席しなければ、リーファと同じようにレベル上げをしていましたわ。

「でも、気を付けた方がいいわよ。セリア、ウィリアム殿下の親衛隊の受けが最悪だから。ここには、そんな奴いないけどね。あっ、先生来た」

口悪いですよ、リーファ。セフィーロ王国の公爵令嬢なのに。でも、忠告してくれてありがとうございます。良い友人を持ちましたわ。さて、楽しいお喋りはここまでですね。

……親衛隊ですか。

それにしても、受けが悪いって。

リーファの台詞が頭を過ります。

あの容姿で、S組。第二王子で生徒会長。親衛隊がいてもおかしくはありませんよね。ファンクラブまでありそうですわ。見た目、極上は極上ですから。

ほんと、面倒なことになってきましたわ。確かにここ最近、私を見る生徒の目に険があるのを感じていました。大半はウィリアム殿下のファンでしょう。それは放置しますが、問題は親衛隊です。陰口ぐらいなら許しますが、それ以上何かあるならこちらにも考えがあります。一応手は打っておりますわ。当然ですが敵には容赦はしませんわ。何か手出しするってことは、私の敵に回るってことですから徹底的にやりますよ。潰しますよ。

そんなことにならないよう、ウィリアム殿下が抑えてくれることを切に願いますわ。貴方の親衛隊ですもの。貴方がしっかり管理してくださいな。

そんなことを考えていると、開いてあった窓から風が入ってきました。

良い季節ですね。気持ちいい風が吹いていますわ。

こんな日はランチは外にしましょう。

「やっぱり、ここは最高ですわね。特等席だわ」

今日のお昼ご飯はサンドイッチです。侍女が用意してくれましたの。

食堂もいいのですが、こんな天気のいい日は外での食事をおすすめしますわ。といっても、私がいるのは木の上ですけどね。それも気配を完全に消して。これなら、まず見付かりません。

遠くに魔の森が見えます。

遠くから見れば、魔の森は普通の樹海にしか見えません。なのに……凶悪な魔物が日々生まれています。この瞬間も。

何故生まれ続けているのか――

さまざまな論文が発表されていますが、憶測の域を出ていないのが現状です。

奥に進めば進むほど、瘴気が満ちています。私たちが探し求めている答えは魔の森の深淵部にある可能性が高い。しかし、誰も足を踏み入れることはできません。人の身には、濃い瘴気は猛毒だからです。魔法で防御しても深淵部までは行けません。

私たちができるのは、悔しいですがその場限りの対処法だけ。

突き付けられる現実に、複雑な思いを抱きながら魔の森を眺めていると、下の方で人の話し声が聞こえてきました。険を含んだ声に興味が向きます。行儀が悪いですが、聞き耳を立てましょう。そこで話している貴方たちが悪いんですよ。

「まだ、見付からないのか!?」

苛々した男性の声。聞いたことがある声ですね。下を見れば、派手な金髪が見えます。その金髪に見覚えがありました。

「申し訳ありません。ウィリアム殿下」

深々と頭を下げている男子生徒。

やはり、怒鳴っていたのはウィリアム殿下でしたね。

相対する方は朱色のネクタイ。私と同じ一年でローブの留め金が銀。A組ですね。ちなみに、S組の私は金色ですわ。男子生徒の顔はわかりませんが、あの距離はファンではありませんね。親衛隊の一人かあるいは側近候補の一人か……どちらにせよ、ウィリアム殿下に近い存在でしょう。

「いいか!!　どうしても、彼女には生徒会に入ってもらわないと困るんだ。学園にいるうちに、何としても接触しろ。わかったか」

吐き捨てるように怒鳴るウィリアム殿下。あまりにも感情的でした。

普段、周囲に見せている顔とはずいぶん掛け離れています。これがウィリアム殿下の素ですか。

皆の前では、大きな猫を何重にも被ってらっしゃるのね。

でもどうして、そこまでして私を生徒会に入れようとしているのかしら？

何か、そうしなければならない理由がウィリアム殿下にはあるのかもしれませんね。これは詳しく調べなければ。

そんなことを考えている間も会話は進みます。

「はい。必ず、セリア・コンフォートを殿下の御前に連れてまいります」

うんざりですわ。ほんと、主が主なら部下も部下ですわね。私を呼び捨てにするなんて。

「必ずだぞ!!」

そう言い捨てると、ウィリアム殿下は校舎の方に戻っていきました。残ったのは親衛隊一人だけ。

しかし、彼はその場から立ち去らずにいます。

もしかして気付かれたかしら。まぁそれはないわね。頭上に神経を向けていないもの。誰か来るのかしら。時間はまだあるし、待ってみましょう。

数分後、予想通り誰かやってきました。どこかの侍女かしら。見たことありませんわ。

「遅いぞ!!」

今度は立場が完全に逆ですわね。

「申し訳ありません。お嬢様に用を言付けられましたので」

頭を下げ、何回も謝罪する侍女。

「言い訳はいい。それで、義姉はどうしてる？」

義姉？

すると、あの侍女は義姉付きの侍女ですか。主を完全に裏切ってますわね。

「お嬢様は特に変わりなくお過ごしです。お会いになられるのは、アルベルト殿下とご友人だけです」

アルベルト殿下？　それって、王太子様じゃないの!?　だとしたら、この侍女の主は？

「手紙は？」

「ここに」

そう言いながら、侍女は袋を男子生徒に手渡します。男子生徒は受け取ると中身を確認しました。

穏やかではありませんね。

「全部か？」

「はい」

「わかった。引き続き監視をしろ。些細なことも見落とすなよ」

「畏まりました」

侍女は一礼すると持ち場へと戻っていきました。男子生徒も手紙が入った袋を持ったまま校舎へ戻ります。

誰もいないのを確認してから飛び降りると、合図を出していないのに、侍女二人が音もなく近付くのを感じました。姿は見えませんが、私は二人に問い掛けます。

「あの男子生徒、ウィリアム殿下の親衛隊よね。それとも、側近候補かしら？」

「側近候補です、セリア様。アルベルト王太子殿下の婚約者、エンボス公爵の御息女マリアナ様の義弟、ルイス様です」

王太子派に属する人間が、第二王子の側近候補ですか。おかしなこともあるものね。

「そう。やっぱり……。確か、マリアナ様の代わりに公爵家に入られたのよね」

「そうです」

記憶違いではなかったようね。

マリアナ様が王太子妃として王宮に上がると公爵家を継ぐ者がいなくなります。その代わりとして、公爵家を継ぐ者を幼少時に養子としたのでしょう。貴族の間ではよくあることですわ。だけどあくまで分家。なのに、本家を立てるのではなく敵対するとは。

「その養子がマリアナ様を監視ね……少し調べてくれる？　ついでに、ウィリアム殿下の周辺も」

「畏(かしこ)まりました」

一人、侍女の気配が消えました。早速、調べにいったのでしょう。仕事が早いですわ。

それにしても、義姉を監視するとは穏やかではありませんね。ましてや、手紙を回収するなんて。何か背景にありそうですね。私を生徒会に入れようと躍起になってることと関係があるかもしれません。

次の日の深夜。

まったりと寝る前のお茶を楽しんでいると、ウィリアム殿下とマリアナ様の周囲を調べにいっていた侍女が戻ってきました。

「ただいま戻りました、セリア様」

相変わらず音もなく戻ってきますね。

「お帰りなさい。収穫はありました？」

私の問い掛けに、にっこりと微笑む侍女。

こ、怖いですわ、その笑顔。目が全く笑ってませんもの。底冷えする程、冷え切った目ですね……

自分が言い出したことですが、報告書を受け取るのを拒否したくなりますわ。

「はい。かなりの収穫高になりそうですよ、セリア様」

さらに恐怖が増しました。

かなりの収穫高ですか。そ、それは楽しみですね。頬が引きつりますわ。

「では、皆でお茶を飲みながら聞きましょうか」

その前に、とりあえず提出された報告書に目を通しましょう。話はそれからです。

「まずは、ウィリアム殿下から……」

…………は？

何これ……？

こ、これは想像以上です。自分の目を疑いましたわ。

読んでいて、淑女としては失格ですが、完全に眉間に深い皺ができてました。報告書を持っている手も少し震えます。内容を知っているので、侍女は涼しい顔です。

「これ……本当なの？」

思わず、そう尋ねてしまいました。それほどの内容だったのです。酷過ぎますわ。

「深くは調べていませんが、ほぼ間違いありません」

私の侍女がここまではっきりと肯定するのなら、まず間違いはないでしょう。

「そう……なら、慎重に行動しなくてはいけませんね」

学生同士の小競り合い程度で済めばいいと考えていたのですが、甘かったですね。最悪、国家間の問題まで発展するかもしれません。同盟関係にひびが入らなければいいんですけど。そんな危険性を含んだ報告内容に、正直頭が痛くなりますわ。報告書を見なかったことにしたいくらいです。

馬鹿子息も大概屑でしたが、ウィリアム殿下はそれ以上の屑でした。屑の中の屑です。屑の王ですわ。馬鹿子息がまだ可愛いくらいに見えます。殿下はなまじ頭が切れる分、始末が悪いときてます。そして、プライドも異様に高い。ある意味、ナルシストですわね。

「お父様に会う必要があるわね。……ほんと、面倒くさいことに巻き込まれてしまいましたわ。それもこれも、あの馬鹿子息のせいです」

いまさら言っても仕方ないことですが。

婚約が白紙に戻ったことは嬉しいです。しかし、そのせいでこんな面倒なことに巻き込まれることになろうとは……予想外の展開ですわ。

「そうですね。全ては、馬鹿子息とあの女のせいです」

厳しい侍女の台詞に溜め息が出ます。

すると、お茶を淹れてくれた侍女がニヤリと笑い言いました。

「囮になるのが遅くなりそうですね」

「あら、それはどうなの？　すぐに囮にする方が断然いいんじゃない」

すかさず、使いに行っていた侍女が反論しました。

にっこりと微笑みながら言っている内容はとても怖いですね。馬鹿子息とアンナのことは貴女たちに任せますわ。いいようにしてくれるでしょう。それにしても、本当に楽しそうに話してますね。

ここ以外では聞かせられない会話だわ。でも、そろそろ話を進めますよ。

「コホン。明日学園は休みですし、皇国に戻ります」

お父様に会いに。

私がそう告げると、侍女二人は仕事モードに戻ります。

「はい。マリアナ様の件はどういたしますか？」

マリアナ様の件は気になりますが、現時点では動けませんわ。

「お父様に会ってからですわね。でも、この件に関しては、私は手を貸すつもりはないわ」

そこまでする必要はありませんから。あくまでこの国の問題は、この国の人間で解決しないといけませんわ。同盟国とはいえ、他国の人間が関わると、わだかまりだけが残ることになりますからね。それは国にとっても不利益でしょう。

でもまさか、ウィリアム殿下がこんな大胆不敵なことを考えていたなんて。

至急お父様に会って皇国の考えを聞かないと。全てはそれからですわ。最悪、国交問題に発展した場合、皇国の後ろ盾がないのは痛いですし、動きづらいですから。それに、私自身が潰される可能性もあります。それは絶対避けないと。

「畏(かしこ)まりました」

侍女二人は仲良くハモる。

とはいえ、それまで何の手も講じないのはもったいないですわね。

「そうね……使うか使わないかは別にして、切り札は多い方がいいわね。アレ、例の場所に仕掛けておきましょうか」

報告書に書いてある通りなら、もしかしたら面白いものが撮れるかもしれませんわね。

「失礼いたします。皇帝陛下。セリア皇女殿下が面会を申し出ておりますが、どういたしましょう」

執務室の外で警護の任に就いている近衛騎士が伺いをたてます。娘だからといって、フリーパスではありません。当然です。執務室にいるのは、この国の頂点に立つ人物なのですから。

「通せ」

「畏(かしこ)まりました。ではどうぞ、セリア皇女殿下」

入室を許され、室内に入ると扉が閉まりました。

「拝謁を許可していただきありがとうございます。皇帝陛下」

お礼の言葉を述べてから軽く一礼をします。

「堅苦しい挨拶は不要だ。で、何の用だ？」

書類にサインしながらお父様は尋ねます。側には宰相様とリム兄様が書類を仕分けていました。

「私がここに来た理由は、皇帝陛下がよくご存じでしょう」

わからぬ、とは言わせませんよ。喧嘩腰の私を配慮してか、宰相様とリム兄様は執務室を出ようとしましたが止めました。彼らの意見も聞きたいですからね。

「……ウィリアム殿の件か？」

少しの間の後、嫌そうに答えるお父様。やっと顔を上げましたね。睨むように視線を合わせます。

婚約の申し出があったことを黙っていた件は許してあげます。

「では、やっぱり打診してきたのですね。で、単刀直入にお訊きします。ウィリアム殿下からの婚約の打診、いかがするおつもりですか？」

返答がありません。考えあぐねているようですね。ならば、訊き方を変えましょうか。

「ウィリアム殿下が何故、私に婚約を打診してきたかご存じですか？」

「兄に代わり、王太子になりたいからだろう」

さすがお父様、やはりご存じだったのね。それでは何故、お父様はお断りにならないのでしょう。

かなりの厄介案件なのに。まさか――

「皇帝陛下は、ウィリアム殿下が王太子になりうる器だとお考えですか？」

もしそうなら、その頭殴ってもいいですか。

「……正直、考えあぐねている。周囲の評判はかなり高い。成績も優秀で人柄も良く、政にも明るい。だがな……できすぎている。そこがうさんくさくてな。セリアお前はどう思う？」

「正直に答えてもよろしいですか？」

「構わん」

では、はっきり言わせてもらいましょう。

「屑です。屑の中の屑。元婚約者がとても可愛くなりますわ。それ程の屑です」

屑を連呼してしまいましたわ。

「ほぉ～～屑か……」

お父様がニヤリと笑う。黒い笑顔ですわ。でも私も同じ笑顔をしてると思います。

宰相様とリム兄様は黙って私たちのやり取りを聞いています。

「屑ですね。彼は自分以外の人間は自分のために存在する、と勘違いしています。特に女は」

確かに政においては人を利用し、時には貶めもします。手を血に染めることもありましょう。

綺麗事で政治は行えません。しかしそれでも、やってはならないことがあるのです。

ウィリアム殿下はその一線を明らかに越えています。

「つまり、関係を持っている者が多いと？」

「自分が行動しやすいように、体と言葉で取り込み、事を終えると処分する。その数は片手では済まないでしょう。侍女が調べてきた報告書には、可哀想な犠牲者の名前が数人記載されていました。

命までは奪われなくても、逃げることができない厳しい修道院に送っています。完全な口封じですね」

言っていて反吐がでますわ。

「……確かなのか？」

お父様も嫌悪感丸出しです。リムお兄様も宰相様も。

「この皇国が誇る暗部が調べたのですよ。間違いありません。それに、マリアナ様の乳姉妹と関係を持ち、自分付きの侍女にしています。ていのいい、人質ですね」

これには、さすがにお父様たちは驚いたようです。私も報告書を読んだ時驚きましたわ。

「……現王太子の婚約者の乳姉妹をか？　動きを封じるためか」

お父様は唸るような声を上げます。

リム兄様は「人を利用するのはわかるが、そのやり方は駄目だろ」と、腹を立てています。宰相様も不快感を顕にしています。

ええ。駄目です。そのやり方は一時的な効果はあるでしょう。でもそれは愚策です。愚王がとる方法なのです。

つまりウィリアム殿下は愚王にはなれても、絶対に賢王にはなれないのです。

でも私から言えば、そんなウィリアム殿下を放置しているグリフィード王家も大概ですけどね。

「王太子を孤立させるためですね。ちなみに、彼の側近候補も親衛隊もなかなかの屑ですよ。主と同じ方法で、マリアナ様の侍女を取り込み監視しています。手紙も回収してましたね。その屑はマリアナ様の義弟ですわ」

そう告げたら、皇国トップスリーは次のように呟（つぶや）きました。

「……終わったな」

「屑（くず）だな」

「屑（くず）ですね」と。

屑（くず）であることを理解していただいて嬉しいですわ。では、改めて問いましょう。

「ウィリアム殿下との婚約、皇国はどう返答なさるつもりですか？」

にっこりと微笑みかける。

「決まってるだろ。そんな奴のところにお前はやれん!!」

お父様ご立腹ですわ。リム兄様も宰相様もです。愛されていますね。とても嬉しいですわ。

「ご英断、ありがとうございます。……どうかしました？」

お父様たちが私の顔を凝視してますわ。

「たまには、そんな風に笑え」

それは、どういう意味です？　お父様。

ショックです。普段は可愛くありませんか？　私の笑み。

自覚はありますわ。私の微笑みが可愛くないのは。何かを含んでいると思われることも少なくありません。あえての時もありますよ。でも、ずっとではありません。数も少ないですわ。

なのに、ずっとそう思われているのです。だからお父様が仰ったみたいに、たまに違うように映った時は驚かれます。

これでも私は女子です。魔物を狩るのも野宿も平気ですが、女子なんです。傷付いていないように見えて、結構傷付いているんです。その上、家族にまで指摘されてしまっては、正直へこみますわ……。普通に微笑んでるだけなのに……

そんな私の悩みなど気にもせず、お父様は尋ねてきました。

「それで、どうするつもりだ？」

「どうするとは？」

少し語尾がキツくなっても仕方ありませんよね。

「そこまでの屑だ。婚約が流れたと知ったら、絶対何か仕掛けてくるだろ」

少し片眉を上げて苦笑しながら、お父様は心配を口にします。

「そうですね。基本、傍観者の立場でいるつもりですが……痺れを切らして、間違いなく何かしら仕掛けてくるでしょうね」

「だろうな」

ウザいくらいに接触してくるでしょうね。今以上に。心底憂鬱になりますわ。

さすがに、私に対して直接の実力行使は難しいでしょう。実力差は明確ですから。しばらくは、実地試験はありませんし、実技試験は学年が違うので直接手が出せません。ですが、S組合同となれば……。でもそれよりも注意するべきなのは、おそらく――

「一番に狙われるとしたら、侍女二人ですね。侍女をいつもの手段で垂らし込み、主である私を一人にする。もしくは、睡眠薬で眠らせる。痺れさせる。そうした上で同衾すれば、責任をとる形で婚約できますわね。絶対、無理ですけど」

私には毒物耐性がありますし、状態異常化の無効スキルも持っています。睡眠薬や【状態異常の魔法】が効くわけありません。

まぁそれは別として、言葉にしてみると、あまりにもありそうな展開に吐き気が込み上げてきました。生理的に受け付けません。側に寄られるのも嫌ですわ。そういう人っているのですね。

確かに十分ありそうな展開ですけど、それは普通の侍女に対してだけです。暗部に属する彼女たちに色仕掛けは通用しませんわ。反対に利用されるだけです。なので、侍女二人にもアレを渡しておきましょう。自然と口角が上がります。

そんな私を見て、また良からぬことを考えてるな、とお父様は小さな声で呟き、リム兄様も宰相様も首肯しました。そしてそうした表情の私を、可哀想な子を見る目で二人が見詰めていたことに、私は全く気付いていませんでした。そう思っているなら、教えてくれたらいいのに、皆意地悪ですわ。

「あの二人を垂らし込むか……できたら、ある意味勇者だな」

確かにそうですね、お父様。常に一緒にいる私でさえ、彼女たちの恋愛って想像できませんから。

「でも、もしそんな愚劣なことをセリアに仕掛けてきたらただではすまない!!」

「そうですね。正当に抗議したうえ、戦争を仕掛けますか」

リム兄様と宰相様は物騒なことを言っていますが、決して過剰な反応ではありません。一国の皇女を騙し貶めるということは、それぐらいの罪に問われるのです。可哀想なのは民ですわ。

「その時は、この戦争が正当であるためにきちんと証拠を提出しますわ。そうなれば存分になさいませ。でもその前に、同盟の凍結、破棄が先ですわ」

同盟の凍結、破棄で済めばいい。戦争だけは避けたいと切に願います。お父様たちもそうでしょう。戦争を起こして得るものはありません。それでも、決断しなければならない時があります。

相手が七十年前、我がコンフォート皇国を助けてくれた同盟国でも。

その可能性は低いでしょう。

「まぁ、その点はセリアに任せる。思い通りにすればいい。こっちは気にするな」

ありがたい言葉です。その言葉が欲しかったのです。これで自由に動けますわ。

「全面的に信頼していただきありがとうございます。皇帝陛下」

とびきりの笑顔をあげますわ。可愛くないかもしれませんが。

「……笑顔を出す場所が違うだろ。まぁ、いい。で、マリアナ嬢の件はどうするつもりだ？　お前が何もしないでおくとは考えられないからな」

前半の台詞(せりふ)、小声ですが聞こえてますわよ。それを別にして、よくおわかりですね、お父様。

「ご心配なく。他国のことなので、深入りするつもりはありませんわ。ただ、監視されている中、コンタクトを取ろうとしてらっしゃるみたいなので、こちらから会いに行こうかと考えております。いろいろご心配でしょうから」

これが含みを入れた笑顔ですわ。

「そうか……」

今度の笑みは無視ですか。

「はい」

「わかった。そこらへんも自由にしたらいい」

重ねて、許可いただきましたわ。行動範囲も増えましたね。

「ありがとうございます」

深々と頭を下げて、私は執務室を後にしました。

「さて、行きますか」

念のために学園のローブではなく、私物の紺色のローブを羽織ります。

あまり知られていませんが、闇に紛れるのなら、黒のローブより色が濃い紺色の方が目立たないのですよ。

もちろん、フードを目深く被り顔を隠します。念のために【認識阻害の魔法】を掛けていますから その必要はないんですけどね。雰囲気ですね。

ベランダに出た私は手摺り(てすり)の上に立ちます。後ろには、私と同じ紺色のローブを羽織った侍女が一人付いています。一応護衛ですね。もう一人はお留守番。ジャンケンに負けたらしいですわ。

「ではお留守番、お願いしますね」

「留守を頼みます」

「畏(かしこ)まりました。行ってらっしゃいませ」

侍女の返事を聞きながら、私は手摺りをトンと蹴りました。一瞬の浮遊感の後、地面に吸い寄せられます。三階ぐらいの高さなら全然平気ですわ。

地面に音もなく着地した私は、暗闇に紛れ、学園内をかなりのスピードで移動します。

もちろん行き先は、マリアナ様のいる寮ですわ。

そもそも、学園の生徒は特例でない限り基本寮生活です。

なんせこの学園は、魔の森の近くに建設されており、王都からかなり離れているのですよ。当然、通うのは無理です。【転移魔法】が使えるのなら話は変わりますけどね。

マリアナ様の寮は私の寮から少し離れています。走って五分ぐらいかしら。

寮に着きました。

【侵入者防止の魔法】が三重に掛けられています。当然、私のところもです。寮生の中には、私やマリアナ様のように高位の貴族がいますからね。防犯は大事でしょう。

学園の周囲にもかなり強力な【結界魔法】が張られています。魔の森に隣接してるから、当然でしょう。

寮に掛けられている【侵入者防止の魔法】が、学園の周囲に張られている結界と同格でしたら侵入するのはさすがに難しいですが、これくらいなら全く問題はありません。今掛けている【認識阻害の魔法】で十分ですわ。

レベルの高い【認識阻害の魔法】は、あらゆるものの認識を阻害します。たとえそれが、魔法であっても。

つまり今の私たちは、透明人間といったところでしょうか。ほんと、便利な魔法ですわ。でも、盗賊などが持ってはいけない魔法ですわね。あぁ、あの屑王子も。でも彼、この魔法使えるんですよね。レベルは私や侍女たちに全然及ばないんですけど。

マリアナ様の部屋は侍女たちがちゃんと調べています。

S組に在席しているマリアナ様の部屋は、三階の角部屋でした。室内に灯りが灯っています。よかった、どうやら、起きているようですね。

三階ですが、特に問題ありませんわ。部屋の側に生えていた木に、魔蜘蛛の糸からできたワイヤーを引っ掛けて、音もなくベランダに飛び移ります。

おや、鍵が掛かっていませんね。

どうやら、気付かれていたようです。さすが、マリアナ様ですわね。本当のところ、実力は屑王子よりも上なのではないでしょうか。まぁせっかくの招待です。ここは素直に応じましょう。

先に入ろうとする侍女を止め、私が先に入ります。

一歩足を踏み入れた時でした。

剣先が私を襲ってきました。ここで仕留める気でしたのね。でも想定済みだったので、簡単にヒラリと躱します。身を翻し、マリアナ様と距離をとります。

床に着地した瞬間でした。

私の足元が光ります。トラップですね。

捕縛の魔法陣ですか。それも対魔物用。容赦ありませんね。さすがマリアナ様、僅かな時間で侵入者の動きを予想して二重の罠を張るとは。最初の攻撃が本気に近かったからこそ生きる罠ですね。

暗部の方々でも躱せる人は少ないのではないでしょうか。でも、私には効きませんよ。

一瞬光った魔法陣はすぐに光を失い消えました。息を呑むマリアナ様。

「【認識阻害の魔法】!?　それも、最上位クラス」

正解です。まさか、一目で見抜かれるとは。こういう瞬間、何故か嬉しく感じてしまいますわ。うずうずしますの。自然と口角が緩みます。

「さすがですね、マリアナ様。一目で見抜かれるとは思いませんでしたわ。このような時分に部屋を訪れるご無礼、お許しくださいませ」

私はフードを外しました。侍女もです。

「セリア皇女殿下!?」

まさか私だとは思っていなかったようですね。吃驚してらっしゃる。悪戯が成功したようで楽しいですわ。

マリアナ様は屑王子たちとは違い、常識ある人のようでよかったですわ。そうでない人との会話は辛いだけですからね。

「私にコンタクトを取ろうとしてらっしゃったので、こちらから伺いましたわ。マリアナ様」

にっこりと微笑みながら用件を伝えました。ちゃんと、美味しいお茶とお菓子も持参してますわよ。こういうのを、今流行の女子会と言うんですよね、楽しみですわ。

「どうぞ。毒は入っておりませんよ」

せっかくの紅茶に口を付けようとはしないマリアナ様のために、私が先に口を付けます。お菓子も。

そんな私を見たマリアナ様は、クスッと小さく笑います。

「初めから疑ってはおりませんわ、セリア皇女殿下。美味しいですね、この紅茶。初めての味ですわ」

「この紅茶の味がわかるなんて嬉しいですわ。この紅茶は魔の森産ですの」

「魔の森ですか⁉」

そりゃあ驚きますよね。あの魔の森で茶葉が栽培されてるとは思いませんよね。

「原木を見付けたのは、本当に偶然だったんですけどね。栽培方法は訊かないでくださいませ」

「わかりましたわ……」

そう答えると、マリアナ様はカップをソーサーに戻します。

「どうかしましたか？　マリアナ様」

「……この時間にわざわざ来られたのは、全てをご存じだからですね。コンタクトを取ろうとしていたのも気付かれていたようですし」

侍女はこの時間、部屋に戻りますからね。敵に内通している侍女に知られたくありませんもの。

それにしても、美人は苦笑しても様になりますわね。儚げですわ。

「全てではありませんが、大体のことは把握しておりますわ。例えば、マリアナ様の侍女が義弟と通じていることや義弟に監視されていること……」

「どうしてお知りになられたのです？」

マリアナ様の様子が一瞬でガラリと変わりました。儚げさは消え失せ、凛とした佇まいです。なるほど、さすが未来の王妃殿下ですね。

「きっかけは偶然でしたのよ。私が生徒会入りを拒んで逃げているのはご存じですよね。あの日も逃げて、木の上に隠れていましたの。そこで目撃したのです。マリアナ様の侍女が貴女の手紙を義弟に渡し、誰と会ったかを報告しているのを」

乳姉妹のことは黙っておきましょう。警戒される可能性がありますからね。

「……そうですか」

ショックを受けている様子はありませんね。やはり、全てを把握していたようです。

ただ、とても心痛なご様子で、見ている私も胸が痛みますわ。それはそうですよね。長い間家族として暮らしてきた者に裏切られたのだから。

そもそも、何故裏切ったのでしょう。あの屑王子にそれ程の魅力は感じません。それとも、隠れた魅力があるのでしょうか。もしくは、他に目的があるのでは？

「セリア皇女殿下は、何も訊いてこないのですね」

疲れたような笑みも痛々しいですわ。

「これでも、立場をわきまえているつもりですわ。私はこの国の人間ではありません。他国のそれも皇女ですわ」

だからこそ、巻き込まれたのですが。

そう告げる私を、マリアナ様はじっと見詰め、やがて何かを決意したかのように口を開きました。

「……セリア皇女殿下。失礼は承知で伺います。ウィリアム殿下と婚約なさるのですか？」

私にコンタクトを取ろうとした理由はこれですね。私の返答次第で、この国の貴族社会がガラリと変わってしまいますもの。

「そうですわね。……もし私がウィリアム殿下と婚約すれば、私の権力や魔力を用いておそらくウィリアム殿下は王太子になるおつもりでしょう。当然、現王太子殿下の派閥は追い込まれることになりますね。マリアナ様も王太子殿下も王都から追放され、一生王都に戻ることは叶わないでしょうね」

最悪、暗殺されるかもしれない。あの屑王子はそういう冷酷な部分を持っています。目障りなら、躊躇なく消すでしょうね。それが家族でも。

「私のことは、どうでもいいのです!!」

興奮したマリアナ様はその場で勢いよく立ち上がり、激しく抗議します。

「マリアナ様は、アルベルト王太子殿下を愛していらっしゃるのね。ご安心くださいませ。私はウィリアム殿下と婚約する気はさらさらありませんわ」

「本当に……?」

探るような目で見詰められます。視線を逸らさずに、私も真っすぐ見詰め返します。

「ええ。本当ですわ。はっきり申せば、この婚約、皇国に何一つ利点がありませんもの。唯一あるとすれば、国交友好でしょうか。でもそれは、いまさらではありませんか?」

すでに同盟を結んでいるのに、さらに強化する必要はありませんわ。戦時中ならともかく、今は平和な時代ですよ。魔物は出ますが。

「確かにそうですわね……」

「それに、本音を言えば私はウィリアム殿下と婚約を結びたいとは、これっぽっちも思っておりませんの。できれば、視界に入ってほしくない程ですわ。婚約すると思われるだけでも、虫酸が走ります」

「クスッ。そうですか。嫌っておいでなのですね」

「あれのどこに、好むところがあるのです。反対に教えていただきたいわ」

「それは私にも無理ですね。心底、嫌いですから」

マリアナ様も言いますね。

「あら、義弟になられる方を、そう言ってもよろしいのですか？」

「生理的に受け付けませんもの。こればかりは、仕方ありませんわ」

「その気持ち、よくわかりますわ。私も生理的に受け付けませんの。初めてそういう人がいるのだと知りましたわ」

「私もですわ」

自然と笑みが溢れます。マリアナ様もですわ。

「ところで、マリアナ様。一つ、私も尋ねてよろしいでしょうか？」

これはちょっとした好奇心です。

「何でしょうか？」

「マリアナ様は、アルベルト王太子殿下が次の国王に相応しい器だと思ってらっしゃいますか？」

「……それは、わかりませんわ」

その言葉を聞いて、頼りないと思う人もいるでしょう。でも私は、その答えがとても好ましく感じました。少なくとも自分が置かれた状況を、重責を、真摯（しんし）に受け止めているように思えたからです。

「そうですか。私はそれでいいと思いますよ、マリアナ様。いずれこの国全ての国民の命を背負うのですから。アルベルト王太子殿下はマリアナ様が置かれているこの状況を知っているのですか？」

マリアナ様はその問いに力なく首を横に振りました。やはりそうですか……

「薄々は気付いていらっしゃると思うのですが……」

悲痛な表情を浮かべるマリアナ様。

自分の家族も、近くにいる侍女もマリアナ様を裏切り、同じクラスには元凶である屑（くず）王子がいます。ましてや、今自分がいるのは王都ではありません。そんな状況下で、誰にも気付かれずにアルベルト王太子殿下に連絡をとるのは難しいでしょう。同じ学園にいる私にさえ苦労していましたし。

「ならば、手紙を書かれては？　何なら、私が手渡しましょうか？」

「えっ。よろしいのですか!?」

「構いませんよ」

マリアナ様に愛されているアルベルト王太子殿下に会ってみたくなりました。ちょうどいい機会ですわ。

マリアナ様によると、三日後、アルベルト王太子殿下は側近と共に非公式に魔の森にある砦（とりで）を訪問するそうですわ。

だとしたら、会いに行くのはその時ですわね。早く届けたいし。

さて、どうしようかしら。

屑王子はアルベルト王太子殿下の非公式の訪問を知っている可能性もありますわね。

その日、私の姿が学園にいないと知れば、いらぬ勘ぐりをされるかもしれませんね。結果、さらに面倒なことが起きる可能性もないとは言えません。まぁ大丈夫だと思いますが、念のために手を打っときましょうか。

要は、私の居場所をはっきりとしておけばいいだけの話。屑王子が確認できるように。心底、不愉快ですけど、仕方ありませんわ。その場所が学園でなくても構いませんよね。

となれば、ここはリーファに協力を仰ぎましょう。早速、明日相談ですわね。


いつもの時間より早く登校しましたわ。

「おはようございます。リーファ、急なんですが、二日後の放課後空いていませんか。もし空いてるのなら、街に遊びに行きませんか？」

早速、登校してきたばかりのリーファを捕まえて誘います。若干声を大きめに。ここは特に重要ですわ。これくらいの声なら、自然に辛うじて廊下に届きますね。

「どうしたの？　セリア。貴女が誘うなんて珍しい。何かあった？」

含み笑いで答えます。そんな私を見て、リーファは溜め息を吐くと了承してくれました。

「言う気がないのね。いいわ。付き合ってあげる。その代わり高いわよ」

「ありがとうございます。持つべきものは、包容力のある友達ですわね。今日のランチを奢りますわ。ついでに、デザートも付けますわよ」

一瞬リーファは驚いた顔をしましたが、すぐにニヤリと笑いました。

「当然、一番高いのね」

祭しがいいところも、下手な遠慮をしないところも好きですわ。

「ええ、構いませんわ。ところで、リーファにお願いがありますの」

後半少し声を抑えました。これくらいの声なら、聞こえるのは周囲だけです。間違っても、廊下までは聞こえません。教室では魔法具が使えませんから、声を拾われることはまずありません。学園の許可が下りた特定のものしか使おうとしても作動しませんの。

「そんなことだと思ったわ。例のストーカー王子の件が絡んでるんでしょう」

相変わらず勘がいいですわね、リーファ。でもストーカーって……考えてみれば、確かにそうよね。教室内のあちこちから忍び笑いがあがります。

「まぁ、そんなところですわ。実は当日、リーファと遊びに行くのは私ではなく、私に化けた侍女がお相手しますわ」

「どういうこと？」

「その日、会わなければならない人がいます。ウィリアム殿下の目を逸らしておきたいの」

「……逸らさなければならない人なのね」

私は肯定も否定もせずに、ただにっこりと微笑みました。勘がいいリーファはそれだけで、これ以上の追及は駄目だって気付くでしょう。

「わかったわ。これ以上は何も訊かない。だけどいいの？　教室でそんな大事な話をして」

「学園内で、ここが一番安全な場所じゃないかしら」

だって、この組の生徒は真実を見極める目を持っていると信じていますから。権力闘争を嫌う人ばかりですしね。それに、余計なおしゃべりをしない人ばかりですわ。とても安心です。

「まぁ、そうだけど」

「でしょ」

「それで、ストーカー王子を撒いてまで会う人って男なの？」

やけに、そこにこだわりますね。

「男の人ですよ。ちゃんと、婚約者の許可を取っておりますわ」

疚しいところはありません。

「へぇ～～婚約者公認なの!? 進んでるっ」

やけに楽しそうですね、リーファ。

「たまに、リーファは意味不明なことを言いますね。公認って、何の公認なのですか？ それに進んでるってどういう意味ですの？」

首を傾げて尋ねます。そんな私に、リーファはさらにわけのわからないことを言いました。それも抱き付きながら。

「セリア。ずっとこのままでいてね!!」

「あの……リーファさん。自己完結は止めてもらえませんか。というか、わからないのは私だけですか!? 皆さん頷いてますけど、誰か教えてくださいませ」

皆、微笑むだけで誰も教えてくれませんでしたわ。クスン。


昼休み。

少し早めに食堂にきました。

リーファにランチを奢る約束をしていましたからね。

「美味しそうに食べるわね」

少し呆れた口調でリーファが話し掛けてきます。

「だって、ここ最近、お昼ご飯はずっとサンドイッチにスープでしたから、正直何か物足りなかったのです。とても美味しいのですが、久し振りに満足できる食事ですよ。これで、夕方までお腹が切なくなることはありませんわ」

魔物討伐の時は興奮しているせいか、ご飯を抜かしてもさほど気にならないのですが、平常時は我慢するのが大変ですわ。

「……ねぇ。セリアって、一応、皇女様よね」

私の食べっぷりに、リーファは呆れた表情を見せています。

「失礼なこと言いますね。そういうリーファも公爵令嬢でしょう」

我がコンフォート皇国と屑王子のグリフィード王国とは違う、セフィーロ王国ですけどね。グリフィード王国と同様、リーファの国とも同盟を結んでおります。三国はそれぞれ、魔の森に隣接しておりますの。だからこその同盟ですわ。

「やっぱり知ってた？」

「それはお互い様でしょう」

「隠してないわね。セリアも特にファーストネームを隠してないもんね」

子供でも知っていますわ。同盟国の国名ぐらい。大概の貴族なら、私が何者かわかるわよね？」

「わかると思うわよ」

「だったら、これは何かしら？」

私は目の前に立つ集団に目をやります。

これとは、目の前にいる男子生徒たちのことです。屑王子ご本人とおそらくその親衛隊と生徒会役員ですね。

その中でも、側近に近い立場の人が二人います。

一人はルイス様。マリアナ様の義弟で側近候補ですね。もう一方は大商会の息子だそうです。平民出身で名前は確かリベルだったと記憶してますわ。実をいうと、そろそろ会いたいと思っていましたの。映像上ではなく現実で。

「私にわかるはずないじゃない。こんな常識知らず、私んとこにはいないわよ」

「普通はいませんよね」

リーファにはさすがに二人いたとは言えませんわ。我が国の恥ですもの。

でもこの方たちは、現在進行形で恥を晒し続けていますわ。恥ずかしくありませんの？　食堂にいる他の学生たちが眉を顰めていらっしゃるわよ。真っ青になっている方もいますわ。

完全に無視されている親衛隊と生徒会役員は、一層苛立ちを見せ、まるで親の仇を見るような目で私を睨み付けています。そして、もう一度声を荒らげ怒鳴り付けてきました。

公爵令息がコンフォート皇国、第一皇女である私を——

「セリア・コンフォート。今日こそは、生徒会室に一緒に来てもらおう!!」

ウィリアム殿下は決まったと思ってるのかしら。だとしたら、残念にも程がありますわ。義弟とはいえ、お姉さまであるマリアナ様はあんなに立派なのに……

当然でしょう。最低限の儀礼さえ無視する人たちと話をする必要がどこにあるのです。

私は深い溜め息を吐くと彼らを完全に無視することにしました。リーファもです。

「俺たちを無視するな!!」

ルイスが無理矢理連れて行こうと、手を伸ばし掴もうとしたその時です。

「貴方たち、一体何をしているのですか!!」

鋭い女性の声が食堂に響きました。マリアナ様です。

マリアナ様は私たちがいるテーブルに近付くと、戸惑う義弟を無視し、私たちに深々と頭を下げました。焦ったのは、私に詰め寄ってきた親衛隊と生徒会役員たちです。まぁそうでしょうね。次の王を継ぐアルベルト王太子殿下の婚約者、未来の王妃殿下が頭を下げ謝罪しているのだから。

「大変申し訳ありません。セリア皇女殿下。リーファ様」

「リーファ。私、初めてですわ、この学園で正式に呼ばれたのは。聞いてくださる？　何故か、こ

の国の学生は私のことを呼び捨てにしますの。本名を名乗っているのに」

私の言葉に、マリアナ様を含む常識のある生徒は、ビクッと体を震わせています。

「それって、コンフォート皇国との同盟を取り下げ、戦争を仕掛けようとしているのと同等の行為よね。早速、王国に帰って陛下にお知らせしないと」

リーファが慌てて立ち上がります。

さすがリーファですわ。ちゃんとバトンを受け取ってくれましたわ。

「……戦争って大袈裟な」

ルイスが呆然と呟く。

何を言ってるのですか、この男は。さすがのリーファもこれには驚いてます。

「何を言ってるのです!!」

再びマリアナ様の鋭い声が響きました。同じ屋敷で育ち、教育を受けてきたのに、何故こうも違うのかしら。本当に不思議ですわ。

「グリフィード王国の貴族が同盟国である皇女を呼び捨てにし、怒鳴り付け、あまつさえ、腕を掴み無理矢理立たせようとした。暴力を振るおうとしたのです。同盟の破棄と捉えられても仕方ないでしょう。……ねぇリーファ。私おかしなことを言ってるかしら？」

首を傾げてリーファに尋ねました。リーファは笑みを隠し、厳しい表情で答えます。

「いいえ。おかしいのはこの男どもよ。周りをご覧なさい。その目が暗に語ってるわね」

そこで初めて彼らは気付いたようです。自分たちがとんでもないことをしでかしたのだと。実感してももう遅いですわ。この失態は食堂にいた生徒から、全生徒、そしてその親にも伝わります。マリアナ様が頭を下げた話も一緒にね。当然、侍女たちもお父様に報告するでしょうね。

　これで、表立って彼らは行動しにくくなるでしょう。あまりにも鬱陶しいので、ウィリアム殿下の腰巾着の数を減らすことにしたのです。

　では、そろそろ幕を引かせてもらいましょうか。そう思い、口を開き掛けた時でした。

「そこまでにしてくださいまし、セリア様。ここは学園内、ましてや、この学園は身分に拘わりなく勉学に励む場所。彼らは反省しておりますわ。これ以上のお叱りはおやめくださいませ」

　憂いを帯びた表情で、一人の女子生徒がしゃしゃり出てきました。屑王子と一緒に。

「ソフィア嬢の言う通りだ。そこまでにしてくれないか、セリア。この者たちの無礼、私の顔に免じて許してほしい。いずれ、君と私の手足となって働く者たちなんだから。ほら、お前たちもセリアに謝るんだ」

　屑王子の台詞に食堂内がざわつきます。そりゃあそうでしょ。遠回しの言い方ですが、私との婚約が決まったかのような言い方ですもの。

　そちらがその気なら、はっきりと現実を教えて差しあげましょう。はっきりとね。

「ウィリアム殿下。まだ決まってもいないことを口にするのは、どうかと思います」

　マリアナ様が屑王子を諫めます。当然ですね。

　屑王子は婚約という単語を口にはしませんでした。しかし、明らかに連想させる言葉を口にした。それだけで、普通はアウトなのです。まぁ本人としては、断られるとは端から考えてもいないから言えるのでしょうけど。ほんと、どこからそんな自信が湧いてくるのでしょう。不思議ですわ。何だか可哀想に思えてきました。

「マリアナ。君は義弟になる者の幸せを素直に喜べないのか。私は悲しいよ」

完全にマリアナ様を悪者にする気ですね。屑が考えそうなことですわ。怒りより、悲しみを表に出す。上手いやり方だこと。なるほど、こういう手を使って、皆を取り込んでいるのですね。

「私はそういうつもりで申したのではありません」

マリアナ様がはっきりと答える程、屑王子はさらに悲しみを表に出してきます。そして、それを後押しする者がこの場に集まっています。完全にマリアナ様が不利ですね。

親衛隊と生徒会役員たちは、とても不愉快そうになさってますわ。でも、口元には嫌な笑みを浮かべていますね。勝った気でいるのかしら。主が屑なら部下も屑ですね。

「マリアナ様。ウィリアム殿下は嬉しさのあまり口にしてしまったのです。素直に喜んで差しあげましょう」

またしても、ソフィア嬢がしゃしゃり出てきましたわ。

ほんと何様なのかしら。元孤児であり平民の現伯爵令嬢が公爵令嬢を窘めるなんて、不敬罪もいいところです。そういえば、ついさっき、皇女である私にも同じことをしましたわね。

聖魔法が使えるからといって、ちやほやされ大事にされているようだけど、何か勘違いなさっているようですわ。あくまで、貴女は伯爵令嬢です。それとも、屑王子の愛人は私たちより偉いのかしら。

聖魔法に関して言うならば、「それがどうしたのです」と聞き返したいくらいですわ。
魔力が伴わなければただの宝の持ち腐れ。だから、ずっとD組なのですよ。伯爵令嬢が最下位クラスですよ。何故か周囲から聖女って思われているようですけど、あくまでまだ候補でしょ。中身と体は全然違いますよね。あっ、全部違いましたね。

「君と私？　どういう意味でしょうか？　ウィリアム殿下」

そろそろ助け舟を出しましょう。マリアナ様があまりにも可哀想過ぎますわ。

「聞いてはいないのかい、セリア。私たちのことを？」

不思議そうな表情の下に見え隠れしている不信感。この顔を絶望の色に歪（ゆが）ませたいですね。

「私たちのことと言われてもわかりませんわ。もしかして、婚約のことを仰（おっしゃ）ってるのかしら？　確かに、グリフィード王国から親書と身上書が送られてきましたが、つい先日、正式にお父様がお断りになりましたよ。なので、馴れ馴れしくしないでください。気持ち悪い」

「………断った……気持ち悪い……？」

呆然としている屑（くず）王子。言葉の意味を理解していないようですね。ただ繰り返してる感ありありですわ。

「ええ。断りましたよ。そろそろ親書が届くと思います、ウィリアム殿下」

なので、もう一度言って差しあげましたわ。親切でしょう。

「う……嘘だ。ありえない。この私が断られるなど、あるはずがないだろ!!」

あるはずないって、どれほど自分に自信があるのかしら。おかしくて笑いそうになりますわ。我慢しないといけませんわ。にしても、これぐらいで取り乱すとは。被っている猫はメッキですか。意外と軽いんですね。

「私に怒鳴られても困りますわ。そうそう、ウィリアム殿下。彼らのことをうやむやにするつもりはありませんので、あしからず。それと、生徒会も入りませんので。以後、私を誘わないでいただけますか。人手不足なら、そちらの方を入れたらどうです？　仲がよろしそうですし。……聞いてらっしゃいます？」

　聞いていようが、なかろうが、関係ありませんけどね。プライドがズタズタですか。貴方が悪いんですよ。だから、決まっていないことを口にしないようにって、マリアナ様が仰ったのに。ほんと、とことん残念な方ですね。

「では、私はこれで。リーファ、教室に戻りましょう。確か次は移動教室でしたわね」

　さっさとこんな場から退散しましょう。これ以上、屑王子たちと同じ空間にはいたくはありませんからね。

　すると、逃さないとばかりに、腰巾着と同じように腕を掴もうと、屑王子が腕を伸ばしてきました。しかし私はそれをサラッと躱しました。婚約者でもない者の体に触ろうとするなんて、なんて常識のない方なんでしょう。少しはマリアナ様を見習えばよろしいのに。

「これ以上、私の視界に入らないでくださいますか？　ウィリアム殿下。不愉快でしかありませんので。後ろに控えている方々も。当然、恋人である貴女もですよ。警告はしましたわ。破れば、敵とみなします。よろしいですか。では皆様、御機嫌よう」

言いたいことだけ告げて、私はリーファと一緒に食堂から出ました。

「見たぁ～あのストーカー王子の顔」

食堂から出た途端、耐えられなくなったリーファはお腹を押さえて笑い出しましたわ。まぁ確かに、あの呆然とした顔は傑作でしたわ。

「デザート、お気に召してくださってとても嬉しいですわ」

「ええ。とても満足したわ、セリア。また、食べられる？」

さすがリーファ、あの屑王子の性格上、これで終わるとは考えていないようですわね。去り際さらに煽りましたし。

あのソフィアという女もやっと表に出てきましたわ。

アレには、何度も屑王子と一緒に仲良く親密な様子が鮮明に映っていましたので、顔はよく知っていました。それに、侍女に動向を探ってもらっていましたし。

侍女の報告書によれば、あの屑王子の婚約者候補に挙がってらっしゃった方だとか。体が弱いから外れたそうですけど……体が弱い？　今はとても健康そうですけどね。

少ししか顔合わせはしていませんけど、あのソフィアという伯爵令嬢、なかなか強かですわ。心情を掴むのに長けてらっしゃる。その点、屑王子と同じですわね。でも、その能力は屑王子以上かしら。容姿が甘いだけ対応は厄介ですわ。

でもね。私の敵ではありませんわ。

アレが、本当に必要以上にいい仕事をしてくれました。

おかげで、いつでも息の根を止めることができますわ。今はしませんが、場を改めませんと。

そうそう、あの二人今晩あたりまた密会しそうですね。ほんと、馬鹿な人たち。

第三章　そろそろ始めましょうか

食堂でのやり取りがあったその日、午後の授業の真っ最中に、それは突如起きましたの。

一本の光の柱が天に向かって走りました。

すぐに光は消え失せ、何事もなかったかのように静寂が訪れます。

しかし、一度でも【転移魔法】を使ったことのある者ならば、その光の柱が何なのか、瞬時に理解できるはずです。

当然、授業は途中で中止になりましたわ。

突然の自習に、校内は騒然としております。生徒の大半は訳がわからないです。

先生方は慌てて全員現場に向かったようですね。【転移門】が発動したのだから当然でしょう。

「転移門を発動させたのは、たぶんあのストーカー王子よね」

リーファが小声で話し掛けてきました。その声音は完全に呆れ返っています。

「おそらくそうでしょうね……」

そう答える私も、呆れ果てて言葉がこれ以上出てきません。近いうちに何か仕掛けてくるとは思っていましたが、まさか、そこまで血迷うとは思いませんでしたわ。

——転移門。

それは、【転移魔法】を封じた魔法具を術者が作動させた時に現れる門のことです。あらかじめ行き先は魔法具にセットされているので、行ける場所は限られていますが。

行き先が王都、あるいは王宮にセットされていてもおかしくはありません。

何故なら、それは緊急災害用なのだから。

緊急事態が起きた時、逸早く国王に報告する必要があるでしょう。その時のための物。

魔物が大量発生し、もしくは凶暴化して、学園および周辺の村を襲った緊急時にしか使用してはならないのです。ましてや、私用で作動させるなど以てのほかなのです。

それを屑王子は作動させました。

「まさか、親書のことを聞きに戻ったとか」

「……それしか考えられませんわね」

考えたくありませんが、それしか理由が思い浮かびません。

「馬鹿じゃないの!?　魔法具、いったいいくらすると思うの!?」

ごもっともな意見、私も同感ですわ。リーファ。

「それを知っていたら使えないでしょうね」

一国の軍事予算が楽に飛びますからね。

魔力を有すれば有するほど、それを封じる魔法具の値段は跳ね上がります。まぁそうでしょうね。

それだけ精巧な物になりますから。

【転移魔法】を封じるとなれば、それはそれは莫大な値段になりますね。

とはいえ、あの屑王子にそれだけの蓄えがあるかといえば否でしょう。国が一時期立て替えるとしても、ある程度は屑王子が払わなければなりませんよね。一生掛けて。自業自得とはいえ、これから大変だこと。屑王子らしい派手な自爆でしたね。

「戻ってこられると思う？」

リーファが訊いてきます。

「それはどうでしょうか？　そのまま王宮で謹慎になるか、それとも寮での謹慎になるか。そのどちらかでしょうね」

「王宮での謹慎はわかるけど、何で寮なの？」

「まだ学生ですし。魔法具のお金を払うためですわ。全額は無理だとしても、その大半は払わなければならないでしょうから」

魔物の討伐が仕事の中で一番危険ですが、その分一番実入りがありますからね。幸い魔力もありますから、それなりに戦えるでしょう。

「ああ、なるほどね。まぁどっちにせよ、しばらくはホッとできるんじゃない？」

屑王子がいませんからね。なので、親衛隊と生徒会役員たちは見動きがとれないでしょう。ソフィア嬢も。

「だとしたらいいんですけど……」

どうしても、一抹の不安が残ります。

「セリアにしては弱気ね」

リーファが顔を覗き込んできました。リーファなりに私を心配してくれているのでしょう。とても嬉しいですわ。だから、素直になります。

「……彼らには常識が全く通用しませんから。行動が読み切れないのです」

まだ、魔物の方が行動が読めますわ。

「確かにね。あいつらは、一般常識が全く欠如してるから、突拍子もないことをしでかしそうよね」

同意見ですわ。

「屑王子を助けるために、また転移門を発動するようなことはしないと思いますが」

表情がどうしても曇ります。

「……さすがに、それはないんじゃない」

リーファの台詞に頷きます。

まず、したくてもできないでしょうね。そもそも、魔法具が保管されている場所は厳重に結界が張られています。屑王子が弾かれなかったのは王族の血故でしょう。他の者が同じようにしようとしても無理でしょうね。

「どちらにせよ、ストーカー王子が謹慎になったことを知ったら、彼らは何かしら文句を言ってきそうな気はしますね」

屑王子を心配してからなのか、それとも自分たちの保身のためなのかはわかりかねますが。まぁ、おそらくちょっかいを掛けてきますわね。心底憂鬱ですわ……。溜め息を吐いてしまう程に。

学園と王宮の対応は思いのほか早く決まりました。

その日の夕方には、屑（くず）王子の処分が張り出されましたわ。

今度はその処分内容に校内騒然ですわね。

王宮で一週間の謹慎処分。その後、寮での一か月の謹慎処分。クラスもC組に落とされましたわね。D組に落とされなかったのは、やはり実地試験の結果を配慮してのことでしょう。それに、魔物討伐が許されるのは、ぎりぎりC組からですから仕方ありませんわね。まぁ、どちらでも私は構いませんが。

それから、親衛隊と生徒会役員の面々にも一週間の謹慎処分が言い渡されましたわ。直接、魔法具のことには関与してませんが、日々の生活態度といったところでしょうか。

ただ、五日後に実技試験がありますの。それを受けられないとなると、クラスは下がるでしょうね。一つならまだマシでしょうが、なかには、二つ下がる方もいらっしゃるでしょう。憧れのウィリアム殿下と一緒のクラスになれて、それはそれで良かったのではないでしょうか。貴族としては汚点が付きましたけど。

ちなみに、ソフィア嬢に関してはお咎（とが）めなしでしたわ。これといって、何もしていませんもの。仕方ありませんわ。

ただし、今回はですわよ……？

屑王子たちの処分が下りた翌日。

「やっぱり、どこか落ち着きがないわね」

テラス席から中庭を眺めながら、ぽつりとリーファが呟きました。その声に、自然と私の視線も中庭に向きます。

「仕方ないでしょう。良くも悪くも影響力のある方でしたから」

もちろん、影響力のある方とは屑王子のことです。

屑王子が起こした転移門騒動のせいで、授業は午前中だけ。午後は休校となりました。休み明けから通常に戻る予定です。

なので、お昼ご飯の後、まったりとお茶を楽しんでおりましたの。他のクラスメートは魔の森に狩りに行ってしまいました。

私も行けばよかったですわ。お茶を飲み終えたら、軽食持参で行こうかしら。久し振りにリーファと組むのもいいわね。そんなことを考えていた時です。

「お楽しみのところ失礼します。申し訳ありませんが、少し時間をいただけないでしょうか？　セリア皇女殿下、リーファ様」

ためらいがちにそう声を掛けてきたのは、マリアナ様でした。エドガー先生も一緒です。

私は構いませんが、リーファはどうでしょう。視線を向けると軽く頷きます。

「どうぞ。マリアナ様、エドガー先生」

促すと、マリアナ様とエドガー先生は空いてる椅子に座りました。それぞれお茶を頼んだところで、マリアナ様が口を開きます。

「先日は助けていただきありがとうございました。セリア皇女殿下」

食堂の件ですね。

「助けたなど大袈裟(おおげさ)ですわ。マリアナ様」

「いいえ。あのままでは、私は悪女として皆に認識されていたことでしょう」

確かにあの場の空気は、マリアナ様にとって圧倒的に不利な状況でした。

「正しいことを述べた人間が糾弾されるのは、おかしな話ですわ。それで、何か話があって参られたのですか？　マリアナ様」

言い出しづらそうでしたので、助け舟を出してあげましたわ。どこかホッとするマリアナ様。

「実は、セリア皇女殿下とリーファ様にお願いがあって、エドガー先生と探しておりましたの」

「お願いですか？」

ちょっと、面倒ごとの予感がします。

「はい。生徒会の仕事を手伝ってもらえないでしょうか？　今だけでいいのです。お願いいたします」

「頼めないだろうか」

二人して頭を下げられます。そういえばエドガー先生って、生徒会顧問をしてましたね。

「……申し訳ありませんが、お引き受けできませんわ。私にとって生徒会は鬼門ですもの」

きっぱりと断ります。

現在、生徒会長が謹慎、役員の大半は停学。大変なのは理解できますが、お断りしましたわ。

「どうしてもですか？」

心痛な面持ちで訴えられても困ります、マリアナ様。

「ウィリアム殿下がいないのにか」

エドガー先生。何故、私を責める目をするのです。

「いようといまいと、私には関係ありませんわ。生徒会そのものが嫌なのです」

少しはっきりと言い過ぎましたかしら。別に構いませんよね。

「私もお断りしますわ」

リーファも断ります。

「……そうですか。私の方こそ無理を言って申し訳ありませんでした」

力なく微笑むマリアナ様。

生徒会役員で動ける人間はほんの数人。それで学園を支えるのは、正直厳しいですわ。ましてや、あの屑王子がまともに仕事していたとは思えませんし。日頃から、マリアナ様を厄介者だと思っていらっしゃったようだから、生徒会から追い出していそうですね。義弟も役員でしたし。たとえ謹慎が解けても、生徒会復帰はまず無理でしょう。追い出されたマリアナ様が、これから全ての生徒会の仕事をなさるのね。ほんと、大変だこと。私とリーファに頼むのもわかりますわ。でも、お断りします。そこまでお人好しではありませんわ。

「いえ。こちらこそ、お力になれなくてすみません」

ここで穏便に打ち切ろうとしましたのに、茶々を入れてきた人間がいましたわ。

「マリアナ嬢がここまで頼んでるんだ。少しぐらい手伝ってくれてもいいんじゃないか」

何を言ってるのでしょう。先生の中でもズレた方がいらっしゃるのね。何度目の溜め息かしら。

「エドガー先生が何を言おうとも、手伝う気はありませんわ。行きましょう、リーファ」

冷めた目で話を打ち切り、テラスを後にしました。

「……恋は盲目って、本当よね～～」

テラスから離れると、リーファがポツリと呟きました。

「どういうことです？」

「結構有名よ。エドガー先生がマリアナ様に惚れているのって」

知りませんでしたわ。

「先生が？」

「先生も男ってことよね」

「でも、マリアナ様には王太子殿下という立派な婚約者がいらっしゃるでしょ」

「婚約者がいても好きになってしまうことはあるんじゃない」

「私にはわかりませんわ。リーファはどうなのです？」

まさか、リーファに限ってそんなことはありませんよね。

「生憎、そんな男性はいないわね」

その言葉を聞いてホッとしましたわ。

「エドガー先生のように何も見えなくなるような感情って、ほんと厄介ですわ……」

「まぁでも、そこまで人を愛せるって凄いことだと思うけど。私やセリアには無理だけどね」

「……そうね」

国を背負う立場である私たちにとって、恋などは小説や傍から見て楽しむもので、当事者になるものではありませんわ。マリアナ様は知りませんが。

「で、明日の外出だけど、予定通り行くの？」

すっかり忘れてましたわ。

「ええ。よろしくお願いしますわ、リーファ」

「OK。じゃ、今からもう一回お茶にしよ。明日の打ち合わせも兼ねて」

しょうがないですね。魔の森は次の機会にいたしましょう。

チラッとリーファが私に視線を向けます。傍から見たら、楽しそうに会話しているように映るでしょうね。でも、目は全く笑ってはいませんが。

「もちろん、気付いてますよ。リーファ」

「本当にA組なの？」

その問い掛けに苦笑しますわ。

「実技ではいい成績がとれるのでしょう」

実地は無理だと思いますが。

殺気が全然抑えられていません。実地試験で良い成績が取りたいのなら、殺気は最低限抑えないといけませんわ。何処にいるかバレバレですもの。

一人、二人……三人ですか。この魔力はソフィア嬢とマリアナ様の義弟のルイス。後は、食堂にいた一人。確か……騎士団長の息子でしたね。

さすがに、屑王子はいませんね。王宮を抜け出せても、学園に戻る足がありませんからね。二度も転移門を発動させるのは無理でしょう。いろいろな意味で。

それにしても、ソフィア嬢以外は停学中のはず。外出してもいいのでしょうか？　見つかれば停学だけではすみませんよ。

明日のリーファとの外出では私に姿を変えた侍女が行くのだけど、何か起きる可能性が大ですわね。

校内に不穏な空気が漂っていましたので、侍女には、着けるはずだった魔法具のほかにもう一つ別のを渡すことにしましたわ。

一つは、元婚約者の断罪シーンを撮影した魔法具です。

以前使用したのがパーティー会場だったので、宝石にカモフラージュしましたが、今回は街に遊びに行くので、宝石ではなく代わりにブローチ型にしましたわ。それを侍女の胸に。

そして念のために、ブローチとお揃いのイヤリングを耳に。

これは通信具、魔の森で魔物討伐の時に主に使用していますわ。連絡はこまめに取らないといけません。流す魔力の量を多くすれば、遠くにいる人とも会話ができます。

ブローチ型の魔法具もそうですが、基本魔法具は魔力によって作動します。【変異魔法】を維持しながら、魔法具を二つ装備してても余裕でしょう。私の侍女はとてもとても優秀です。魔力量も問題ありません。

そうですわ、リーファにも渡しておきましょう。元々誕生日プレゼントとして製作していたのですが……。何かあってはぐれた時に必要ですものね。リーファの服の色を聞いててよかったですわ。おかしくありませんもの。


「おはよう。リーファ」

出かける当日、満面な笑みで挨拶しましたわ。侍女姿で。

「えっ⁉　も、もしかして、セリア⁉」

返事の代わりにニコッと微笑みます。悪戯は成功ですわね。驚くリーファって、とても新鮮です。でも、驚くのはまだ早いですわよ。

「おはようございます、リーファ様。今日はよろしくお願いいたします」

「真打ち登場ですわ。どうです？　ここまで完璧な【変異魔法】って凄いでしょう。寸分違わずってなかなかありませんから。フフフ」

私の姿をした侍女を見て目が点になってるリーファ。

「…………驚いた～。ここまで完璧な変異魔法初めて見たわよ。セリアの親友で心底よかったわ」

「私もリーファの親友になれて心から嬉しいですわ。そんなリーファにプレゼントです」

早速渡します。喜んでもらえると嬉しいのですが。

「えっ⁉　これ、イヤリング。可愛い。でも、これって」

クールな見た目と違い、リーファは意外と可愛いもの好きです。さすがリーファ、ひと目で魔法具だとバレてしまいましたわ。

「はい。イヤリング型の魔法具ですわ。魔力を流しますと、着けた者と会話ができますの。流した量によって遠くの者と話せますわ。右側が受信。左側が送信です。使用する時は軽く触れて魔力を流してくださいまし」

自慢の一品ですわ。

「こんな高価な物、貰ってていいの？」

「構いませんわ。元々、リーファにあげるつもりで作ったものですし」

「大事にする!! すっごく大事にするよ!! ありがとう、セリア」

思いっきり抱き締められましたわ。ユナ隊長によく抱き締められてますけど、親友に抱き締められるのとは違いますね。なんせ、死に掛けたりしませんもの。

「喜んでもらえて、私も嬉しいですわ。リーファ」

抱き締め返しました。

「セリア、マジ可愛い!!」

姿は侍女ですが。

「リーファは美人ですわ」

「セリア様、リーファ様。そろそろ出発しないと間に合いません。それに、先程からお客様がお待ちですよ」

侍女の言葉に私とリーファは頷きます。

早朝から、ずっと寮門を見張っている者がいることに気付いてました。

今日、リーファと街に出掛けることはあらかじめ彼らに情報を流しています。おそらく、私の姿をした侍女とリーファを見張るためにいるのでしょう。

「普通通りでいいんだよね」

「普通通りで構いませんわ。ただ、彼らが何かしかけてくるかもわからないから、できるだけ人目の多い道を歩いて」

にっこりと微笑みながら答えます。

「では、そろそろ参りましょうか、リーファ様。ここからは、私をセリア様として接してください。侍女として御無礼な態度を取り続けますことを、先に謝罪いたします」

私の姿をした侍女が深々と頭を下げます。

「構わないわ。初めから知ってて引き受けたんだから」

さすが私の親友です。普通の貴族のようなプライドはありません。懐が深いですわ。

では、作戦開始で。

いつも侍女がしてくれているように、寮門まで見送りにいきます。

「行ってらっしゃいませ。セリア様、リーファ様」

私はもう一人の侍女と一緒に深々と頭を下げ、二人を見送りました。

初めてですが、これはなかなか新鮮で楽しいですわ。癖になりそうです。危ない危ない。

それはそうと、顔を上げるとお客様の姿はありませんでした。

「お客様たちも町に繰り出したようですね」

リーファと私の監視をするために。

ここまでは予想通り。ここから先は、正直どう転ぶかわからない。けれど、打てる手は一応打ちましたわ。

「セリア様」

残った侍女が小声で私の指示を待ちます。

「貴女はこのままリーファたちの元へ。連絡は密に。私は魔の森に向かいますわ」

「畏まりました」

そう返事をすると、侍女はスーと姿を消しました。

屑王子が謹慎処分になったことで、侍女まで手を伸ばす余裕はなくなったようです。餌を撒いて確認済みですわ。なので、こちらも自由に動きましょう。

◇◆◇

「……訪問予定の砦はあれですね」

魔の森内で目に付いた一番高い木に登り、遠くに見える砦を観察中です。

砦は静かですわ。出入口が慌ただしいということはまだアルベルト王太子は到着してませんね。

その砦には入ったことはありませんが、魔物討伐の際に側を通ったことが何度もありますので、位置は完璧に把握しています。

砦の周囲には、学園並みの【結界魔法】が張り巡らされていますわ。

出入口は一箇所。

そこからしか入れません。

中に入るには、厳重な検査が必要になります。学生の私には無理ですが、ハンターとしての私なら余裕で入れますわ。これでもSランクですからね。

でも……最年少Sランクって、かなり悪目立ちしますの。後がいろいろ面倒ですわ。

となると、砦に入る前に接触しないといけませんね。

砦までの道は一本道。

狙われやすいが反対に警戒しやすい。少人数で行動するには理がありますね。

自然と口元に笑みが浮かびます。だって、屑王子ならそうはならないでしょう。考えもなしにそれこそ派手に大人数で動くでしょうね。

そうと決まれば移動しましょう。接触するなら砦から離れている方がいいですわね。

砦と一番近い村の道の中央辺りで接触するのがいいでしょう。村で接触するのも考えたのですが、村を通り過ぎる可能性もありますし、誰かに見張られている可能性もあります。警戒するに越したことはないはず。

予定の場所で待つこと十分。

四頭の馬の姿が見えます。さほどスピードは出てませんね。なら、大丈夫ですわ。

道の中央に移動します。

甲高い嘶きの後、急停止する馬たち。

「危ないだろうが!!」

興奮し怒鳴り声をあげる先頭の男。四人とも馬から下りてきました。お忍びだからか、鎧は身に着けてはいません。でも、かなり鍛えてるのはその体躯でわかりますわ。後の二人は優男の前に出て、腰に差している剣の柄を握っています。いい動きですね。

間違いなく、あの優男がアルベルト王太子殿下ですね……

屑王子よりはましな目をしてらっしゃいますね。安心しましたわ。

「私が言うのも何ですが、馬から下りてはいけませんよ。アルベルト王太子殿下。暗殺者ならどうするのです」

「君が暗殺者じゃない証拠はどこにもないが」

私の言葉に反応して側近の一人が、厳しく、警戒を含んだ声を返します。

「確かにそうですね」

私は含み笑いをしながら答えます。

「何者だ？」

優男が短く訊いてきました。そういえば、まだ名乗っていませんでしたね。

「これは失礼いたしました。アルベルト王太子殿下」

鼻先まですっぽりと覆っていたフードを外しました。

「はじめまして。セリア・コンフォートと申します。マリアナ様からお預かりした手紙をお届けにまいりましたわ」

「マリアナからの手紙？」

明らかに警戒されてますね。まぁ、そうでしょう。私が反対の立場でも警戒しますもの。

「君がセリア皇女殿下である証明は？」

屑王子とほんと違いますね。主が違えば、側近の質も明らかにちがいます。いい見本ですわ。

「ありませんわね。学生証も持ってきてませんし。ハンターカードは所持していますが、確認しますか？　あっ、でも偽名で登録しているので意味ありませんわね」

動じることなく、にっこりと微笑みながら答えます。

しばらく睨み合いが続きましたが、折れたのはアルベルト王太子殿下の方でした。

「剣を下げろ」

アルベルト王太子殿下は部下に命令します。皆、納得しがたい様子でしたが、今一度アルベルト王太子殿下が同じ命令を下すと、渋々剣を下ろしました。

なかなかよい側近ですね。自ずとアルベルト王太子殿下の器が窺えます。そうですね、このまま手紙を渡して帰りましょうか。確認も取れましたし。

そう考えていた時でした。

何かが、私の神経を逆撫でしました。この感覚はよく知っています。知覚したと同時に体が自然と動きます。

「剣を鞘に戻すのは早いですよ。森から何かが来ます」

そう言い終える前には、アルベルト王太子殿下の後ろに移動していました。

いきなりアルベルト王太子殿下の背後を取られ、側近たちは反射的に私に剣を向けようとしますが、すぐに私の言葉の意味を理解したようです。

流れる動きでアルベルト王太子殿下を背後に庇い、森に向かって剣を構え臨戦態勢をとります。

ほぼ同時に、森から飛び出してきたのは二メートルは優に超える魔猪でした。かなり興奮してますね。だけど、私の敵ではありませんわ。

無言で魔法陣を展開します。無数の氷の刃が魔猪を襲い串刺しにします。派手な音と雄叫びを上げ崩れ落ちる魔猪。上がる土埃。念のために、首を風魔法で切り落とします。この間、数分。

「大丈夫ですか？」

圧倒され、黙り込んだままのアルベルト王太子殿下と側近たちに声を掛けます。

「……君は間違いなく、セリア皇女殿下だ。助かった。すまない」

ほっと息を吐きながら、アルベルト王太子殿下が礼を言います。

「いいえ」と返事しようと口を開いた時でした。

「大丈夫ですか⁉　怪我はありませんか⁉」

森からハンターたちが飛び出してきたのです。彼らが逃した獲物かしら。私はフードを被り直しました。

「君たちが逃した魔猪（まちょ）か？」

側近の一人が厳しい表情をしながら詰問します。悪気はなかったとはいえ、下手したら、アルベルト王太子殿下が大怪我をしたかもしれませんからね。

しかし、ハンターたちは慌てて否定します。

「違います!!　俺たちじゃない!!」

「学園の子だ」

返ってきた答えは想像外のものでした。

学園の子？　なぜ学園の生徒と断定できたのかしら。

「金髪の子と黒髪の子が慌てて逃げ出すのを目撃したぞ」

金髪と黒髪ですか。

「逃げ出したのは、金髪と黒髪の二人組の学園の生徒だったのか？」

念を押すように尋ねたのはアルベルト王太子殿下でした。その表情はとても険しいものでしたわ。

私は黙って様子を見ます。

「これを落としていった」

そう言って、ハンターたちが手渡したのは一枚のハンカチでした。

なるほど。そう来ましたか。よほど、命がいらないようですね、貴方たち。

学園で起きたことは学生の身だからとある程度大目に見ていましたが、さすがにこの件については無理ですね。

そう考えると、ニヤリと笑みが浮かびますわ。

間近で私の口元に浮かぶ笑みを見たアルベルト王太子殿下と側近は、思わず一歩後退(あとずさ)ります。

そんな様子のアルベルト王太子殿下と側近たちに、私は一つ提案しました。

「幸い砦(とりで)も近いことですし、そこで詳しい話を聞いた方がよろしいのではないでしょうか？」

そこのハンターの皆さん。言い訳をして逃げようとしていますが、絶対逃しませんよ。

お金に目が眩(くら)んだかもしれませんが、誰を貶(おとし)めようとしたのか、じっくりと教えてあげますわ。

じっくりとね……

そうそう、貴方たちを雇った者についても、じっくりとお話しいたしましょう。

砦(とりで)に到着しましたわ。

がたいのいい騎士たちに囲まれて、ハンターの皆さんは恐縮していますね。これからですよ、これから。もちろん、この尋問部屋に入る前に魔法具は両方機動していますよ。

「さて。お訊(き)きしたいのですが、このハンカチを落としたのは、黒い髪をした生徒なのですね」

尋ねたのが私だから、明らかに戸惑ってますね。もしかして、ラッキーだと思っています？　だとしたらいいんですけどね。当然、アルベルト王太子殿下から尋問の許可はもらっていますよ。

「そうだ。初めからそう言ってるだろ」

私が年端(としは)もいかない女と思ってやけに強気ですね。いいですわ。

「男性でした？　女性でした？」

質問を続けます。

「女だった」

女性ですか……

「二人ともですか？」

「そうだ」

だからどうしたと、言いたそうですね。ハンターさん、このまま強気を維持してくださいね。

「知っています？　学園内で黒髪の学生は三人しかいないことを」

「魔力の保有量が桁外(けたはず)れだからだろ」

「そうです。三人のうち一人は三年生で、今は王国の魔法省で職業体験中ですわ。そうですよね？　アルベルト王太子殿下」

ここで初めて魔猪(まちょ)に襲われたのが、アルベルト王太子殿下だと明かしました。

見るからに動揺していますね。目が泳いでますよ。そんなに暑くないのに、大量の汗をかいています。顔色も悪いですよ。

「ああ。今、王都にいるな」

「では、この方は無理ですよね。残り二人ですが、二年に在席しているマリアナ様も綺麗な黒髪をしていらっしゃいます。彼女はアルベルト王太子殿下の婚約者で未来の王妃殿下です。その御方が、伴一人だけで魔の森に来るとは思えませんせん。なので、省かせてもらいますわ。となると、残るのは一人ですわね」

未来の国王に王妃。次々と出てくる偉い人間に、ハンターたちの顔色は真っ青を通り越して蒼白になっています。安易に引き受けてしまったことに後悔しているでしょうね。

「その方は、今年入学したばかりの女子生徒ですわ。証拠品のハンカチですが、彼女の物ではありません。イニシャルを刺繍して、それとなく本物のように見せ掛けていますけどね。残念なことにイニシャルが間違っていますわよ。まぁ、それはさておき。その方と金髪の女子生徒が一緒に、アルベルト王太子殿下に危害を加えようとしたと、貴方たちは証言なさるのですね」

あえて私は危害という言葉を選択しました。

パニックを起こしているハンターたちは、その言葉の意味に気付いていません。ただの事故から、傷害、あるいは殺人未遂にランクアップしたことに。当然、関わった者の罪状もそれだけ重くなります。

「そ、そうだ!!　そいつが犯人だ!!」

いまさら、間違いだったとは言えませんよね。余計に追及されるだけですもの。逃げ道はありません。自然と笑みが溢れますわ。

彼らにとって、未来の王妃よりはまだマシだと考えたようですね。最後の一人が留学生とは、彼らは知らないようですから。

「そうですか……。貴方たちはセリア・コンフォート、コンフォート皇国第一皇女である私を犯人だと仰るのですね」

そう告げると、私は被っていたフードを外しました。顕になる黒髪。

まるで餌を待っている魚のように口がパクパクしていますよ。言葉も出ないようですね。さっきまでは暑かったようですけど、今度は寒いのか、震えています。

「私はアルベルト王太子殿下と一緒にいたのに、どうやって魔猪をけし掛けたのでしょうか。教えてくださらないかしら」

　クスクスと笑いながら尋ねると、ハンターたちの震えがますます酷くなってしまいましたわ。

「そんなに震えて、体調が悪いのですか？　いまさら、現実に怯えても何も変わりませんよ。すでに貴方たちの命運は尽きているのだから。後は苦しみながら死ぬのか、楽に死ぬのか、どちらかを選ぶしか道はありませんよ。さぁどうします？　私はどちらでも構いませんよ」

　冒頭はにこやかな声で、後半は笑みを残したまま低い声で告げます。

「た……助けてくれ………」

「俺たちは頼まれただけだ!!」

「命だけは助けてくれ!!　死にたくない!!」

　命乞いをしても無駄ですよ。

「命をですか……それは難しいでしょうね。だって、貴方たちのせいで、今まで築いてきた国家間の信用は最悪の形で裏切られましたからね。貴方たちに頼んだ方を恨みながら、処刑までの時間を過ごしなさい。……ただ、貴方たちを処刑に追い込んだ者は悠々と生きていると思いますが」

　死んだような目をしていたハンターたちの目に、黒い光が宿るのがわかりました。

　さぁ、吐きなさい。誰が貴方たちに、わざわざ偽のハンカチを用意し、渡して、証言するように言ったのかを。

「……アイツだ。グランハット商会の息子に、借金をチャラにしてやるって」

グランハット商会ですか……

そういえば、屑王子の親衛隊の中に一人、グランハット商会の息子がいましたね。食堂での騒ぎの場にもいたのを覚えています。

「名前は？」

「リベル・グランハットだ」

そう。彼がね。

ハンターたちは騎士に連行され砦の地下牢に放り込まれました。後は裁判を待つだけです。刑は決まっていますけどね。

捜査の手はすぐにグランハット商会まで伸びるでしょう。

さて、今度はアルベルト王太子殿下の番ですね。

「今回の件は、おそらくリベル・グランハット一人が考えたものではないでしょう。その背後にいるのは、口にしなくてもわかりますよね、アルベルト王太子殿下」

「……ウィリアムか」

私は頷きます。

リベル・グランハットが屑王子の金庫番であることは有名ですからね。いまさら取り繕うことはできませんわ。

アルベルト王太子殿下を含む、その場にいる全員が重く厳しい表情になりました。自分たちが守ってきた王国の未来に、大きな影が遮ったのを悟ったのでしょう。

「グリフィード王国の王族と貴族が、同盟国のコンフォート皇国の皇女をアルベルト王太子殿下襲撃事件の犯人に仕立てあげようとした。その事実が何を意味するかわかりますか？」

その場にいる全員言葉を発しない。発することができないのでしょう。

「グリフィード王国は、コンフォート皇国に戦争を仕掛けたのです。よって、コンフォート皇国はグリフィード王国との同盟を、現時点をもって凍結いたします」

私が同盟を凍結すると宣言した瞬間、尋問室の空気がピシッと凍り付きました。

それは当然でしょう。

同盟の凍結は、結んでいた条約の全てが白紙に戻ることを意味しています。

それはそれは、多大なる損害を被ることになるでしょう。同時に、国としての信用も失います。失った信用を取り戻すのに、長い長い歳月を掛けて一から築き上げなくてはいけません。それでも、以前のような関係が築ける保証などどこにもないのです。

失うのはとても簡単です。

しかし、失ったものを取り戻すのは、とてつもなく難しく困難な道を歩まなければなりません。

「なっ!?　同盟を凍結だと!!」

声を荒らげたのはアルベルト王太子殿下の側近の一人でした。

騎士の大半は言葉を失い、微動だにしません。

アルベルト王太子殿下は唇を噛み締め、苦悶に満ちた表情をしています。

これが屑王子なら、絶対一方的に私を非難し、喚き散らしているでしょうね。

しかし、アルベルト王太子殿下は非難も、凍結を破棄する嘆願も口にしませんでした。

ただ短く、側近に「やめろ」とだけ告げました。

それはあまりにも強く、重い一言でした。なのでそれ以上、側近たちは言葉を継げることはできませんでした。

当然です。グリフィード王国が何かを言う権利は初めからありません。唯一許されていることは、誠意をコンフォート皇国に示すこと、それだけなのです。

少なくとも、アルベルト王太子殿下はそれを理解していらっしゃる。安心ですわ。

でも、すんなりといきますでしょうか。意外と、大きな障害があるような気がしてなりません。まぁ、私には直接関係ありませんが。最終的に困るのはグリフィード王国ですからね。

「それでは、私はこれで失礼いたしますわ。グリフィード王国がコンフォート皇国に対し、誠意ある態度を示されることを強く望みます」

そう告げると、私はその場を後にしました。そうそう、ちゃんと手紙は届けましたよ。


学生寮に戻ると、侍女二人とリーファが私の帰りを待っていました。

「いきなり、通話が聞こえてきた時はびっくりしたわ。流れてきた内容に、さらに驚いたけどね」

変わらない言い方のリーファでしたが、その表情はとても硬いものでした。

「それは同感ですわ。まさか、手紙を渡しに行っただけで、こんなことになるとは思いもしませんでしたもの。何か企んでるとは思っていましたが、まさかあんな事をしでかすとは……。さすがに、予想付きませんでしたもの」

答える私の声もリーファと同じく硬く、表情は厳しくなっていました。

「前々から、常識から掛け離れた場所にいたけど、ここまでないとは思わなかったわ」

疲れた声ですね、リーファ。私もとても疲れましたわ。でも、これからがもっと大変だとわかっていますから、疲れたなんて言えませんね。

「ええ。とりあえず、私たちは皇国に戻りますが、リーファはどうなさいますの？」

同盟を私の一存で凍結したことなど、いろいろ報告しなければならないことがありますからね。

「もちろん、私も帰るわ。国王陛下にお知らせしないと。でも、どうやって報告したらいいのかわからないわ……」

そこが一番のネックですわね。私たちは、彼らが常識のない人だと知っていますから、何とか納得できますが、そうでないと難しいですわね。それほど、常識外れの事件でしたから。

「そのことなら問題はありません、リーファ様。これをお持ち帰りください。先程の会話を録音したものです」

私に変異していた侍女が、イヤリングの片方をリーファに手渡しました。さすがです。

「借りていいの？　助かる」

どこかホッとしてますわね、リーファ。まぁ、実際に聞いた方が理解が早いでしょう。全然構いませんよ。

「赤くなるまで魔力を流せば再生できますわ。反対に、魔力を流すのをやめれば止まりますわ」

「ありがとう!!　セリア」

リーファが抱き付いてきます。

「……どうかしました？　リーファ」

抱き付いたまま動かないリーファを心配して尋ねます。

「……また会えるよね。絶対、会えるよね」

リーファの声が少し震えていました。こんな気弱な姿は初めてですわ。

胸の奥がギュッと締め付けられます。リーファには悪いですけど、少し嬉しくなりましたわ。

「すぐに会えますわ。貴女は私の親友なのですよ」

そう答えると、リーファがソッと体を離します。

「セリアの言う通りよね。親友だもの、すぐに会えるよね」

「当然ですわ」

にっこりと微笑みながら答えます。

はにかみながら笑うリーファは、とても可愛かったですわ。


執務室にはいつもの面々がいらっしゃいました。お父様はもちろん、宰相様とリム兄様です。

「セリアか。やはり、戻ってきたか」

開口一番、お父様はそう声を掛けてきました。

「驚きませんのね。皇帝陛下」

「私の判断を仰ぎに来た時点で想像していたな」

「そうですか」

「で、どうした？」

三人とも手を止め私を見ています。

「私の一存で、グリフィード王国との同盟を凍結いたしました」

やはり、この場も一瞬ピシッと凍り付きましたね。でもすぐに解けましたわ。

「ほぉ〜凍結したか。何があった？」

お父様はニヤリと笑います。相変わらず黒い笑顔ですね。

「アルベルト王太子殿下の襲撃犯に仕立て上げられそうになりました」

「「「はぁ⁉」」」

綺麗にハモりましたね。

まぁそうでしょうね。その反応しかできませんわ。

なんせ、いきなり襲撃犯ですもの。想像の斜め上過ぎますわ。

「論より証拠ですわ。とりあえず、これを見てくださいませ」

リーファのは音声のみでしたが、こちらは映像と音声ですわ。映像が進むにつれ、皆の表情がなくなっていきますわ。いろいろ酷(ひど)いですものね。

映像が終わりましたが、誰も口を開きません。

私が口を開くのもおかしいですし、お父様が口を開くのを待ちます。

「宰相」

長い長い沈黙の後、お父様が無表情で一言宰相様を呼びました。

「わかっております、皇帝陛下。至急、詔書を発行せねば。当然、文言は凍結ではありませんね」

お父様に負けず、宰相様も黒い笑みですね。

「もちろん、破棄に決まっている」

凍結ではなく破棄ですか……。まぁ仕方ありませんね。

皇女の身ゆえ、破棄ではなく凍結とあの場では言いましたが、内容が内容です。破棄でもおかしくはありません。下手したら戦争になっていました。

しかし、戦争はできればしたくはありません。

一部の屑王子と屑貴族のせいで、我が皇国の大事な民を傷付けたくはありませんもの。

その気持ちは、おそらくお父様も同じ。宰相様もリム兄様も同じでしょう。

だから戦争ではなく、破棄と宣言したのです。

でも、お父様もリム兄様も宰相様も、これをただの破棄だとは考えていないでしょう。

情報と物資。

この二つを握られたらどうなるか。

答えは自ずと出てきますわね。

「畏まりました」

宰相様が颯爽と執務室から出ていきました。フットワークがとても軽いですわ。

破棄となれば大変です。

まず最初に、グリフィード王国との国境を封鎖します。それによって、グリフィード王国との貿易は完全にできなくなります。

食料も資源も豊富にありますから特に皇国は困りませんわ。反対に困るのはグリフィード王国ですね。皇国と違い輸入に頼っていますから。そうそう、屑王子が駄目にした魔法具の材料は皇国産が三分の二を占めていますの。ちなみに、魔法具の製作を引き受けたのはグランハット商会らしいですわ。

そしてほぼ同時に、グリフィード王国に対し、正式に同盟破棄を記した書状を送り付けなければなりませんね。まぁそれは、そんなに難しいことではありませんわ。ツートップが率先して行動していますから。

それから、周辺国にも宣言しなくてはなりません。当然、破棄に至った背景も述べなくては。こちらが、一方的にしたと思われたくはありませんから。誤解されるのは嫌でしょ。でもその点に関しては、特に心配はしていませんわ。セフィーロ王国がいますしね。

セフィーロ王国とも連携をとらなくてはいけませんね。案外すぐに約束が守れそうですわ、リーファ。

「どうかしましたか？　皇帝陛下」

全ての指示を終えたお父様が、難しい顔をしながら考え込んでいます。

「……難しいかもしれんな」

ポツリとお父様は呟きます。お父様が何を仰りたいのか、理解していますわ。

「屑王子のことですか？」

私に代わって、リム兄様が尋ねます。リム兄様も気付いていましたか。

「気付いていたか」

リム兄様が小さく頷きます。

「あくまで、状況証拠に過ぎないでしょう。それにセリア曰く、事件が起きた時、屑王子は王宮で謹慎中だった。いくらでも逃げ道はあると思います」

その通りです。

いくら、屑王子の親衛隊や生徒会役員が手を貸していたとしても、屑王子が命令して行ったという確証を得るのは難しいでしょう。

自白を引き出す手もありますが、拷問から得た情報は信憑性が低い、と切り返される可能性もあります。

お父様もリム兄様も、まさにそこを心配していました。

「その点なら大丈夫ですわ」

にっこりと笑って答えます。

「何か掴んでるのか？」

お父様が訊いてきます。掴んでなければ、大丈夫とは言いませんわ。

「確かに、アルベルト王太子殿下の襲撃事件に関しては逃げられるかもしれません。ですが、それ以外の件で詰めることができますわ。証拠がありますもの」

「見せてみろ」

当然、そう言いますよね。

「見せるのは構いませんが、途中で切りますから。いいですね」

念押しします。今でも思い出しますわ。あの時の侍女二人の慌てようを。ほんと、尋常じゃありませんでしたから。

「見られて困るものが映ってるのか？　だとしても構わん。見せろ」

不信感と険しさを混ぜたような表情をしながら、お父様は見せるよう命じました。仕方ありませんね。後は自己責任で。

「これから見せる映像は、皇帝陛下に許可をもらいに行った日に撮れたものです。何度も言いますが、途中で切りますからね」

私が見られて困るのではなくて、私自身が見たくはありませんの。気持ち悪くて。

新緑が鮮やかな季節。

人気(ひとけ)が全くない校舎の外れ。

僅かな時間の逢瀬(おうせ)を楽しむ恋人たち。

このシチュエーションだけなら十分幸せそうなカップルの二人なのですが、そこにいる二人が問題でした。

　問題といっても、どちらも婚約者がいらっしゃらないので、倫理的にはギリギリセーフですわ。

　でもね……これは完全にアウトでしょう。

『いよいよ婚約ですわね。ウィル様』

　そう寂しげに囁きながら、屑王子に身を寄せるソフィア様。胸が屑王子の腕に当たっています。いや違いますね。押し付けていると表現した方が正しいでしょう。顔も近いです。今にも引っ付きそうです。

　そもそも、婚約を交わしていない相手を、それも王族の人間を愛称呼びすることはマナーに反しています。相手が許しても。

　全てにおいてアウトな二人です。

　まぁそれはさておき、皆、眉を顰めながらも映像は続きます。

『ああ。やっとだ。これでアイツを引き摺り下ろせる』

『ウィル様の長年の悲願でしたものね』

『ああ。俺より先に生まれただけで、大した能力もないくせに王太子に居座ってやがる。万年A組のアイツが、S組の俺より上にいるなんて許せるか』

『ウィル様。声が大きいですわ』

「いやいや、声よりもその距離だろ」

　思わずリム兄様が、映像に突っ込みを入れています。お父様に睨まれましたわ。

『大丈夫だ。俺がそんなヘマをするか。ちゃんと【阻害魔法】を張っている。誰も俺たちを認識しない。だから、こんなことをしても大丈夫だ』

そんなことを言いながら、屑王子はソフィア様を芝生に押し倒します。ここまではまだ切らなくても構いませんわ。

それにしても、報告書とマリアナ様の乳姉妹の件といい、下半身がかなり緩そうですね。というか、やはりソフィア様とは昔からそういう関係だったのですね。不潔ですわね。

というか、見ていておかしくて笑いそうになりますわ。屑王子の【阻害魔法】は中の上レベル。本人は上級レベルって思っているようね。

『さすが、ウィル様。でも……セリア様も、この角度からのウィル様を見ることになるのですね』

この映像を見るのは二回目ですけど、あまりにも気持ち悪くて吐き気がしますわ。

あっ、窓ガラスにヒビが入りましたわ。犯人はお父様ですね。

「皇帝陛下。魔力を抑えてください。魔法具に影響が出てしまいますわ」

気持ちは非常にわかりますが、ここは抑えてくださいませ。せっかくの証拠の一つが駄目になっては困りますもの。今からこれでは、最後までもつかしら。

心配している間も映像は続きます。

『心配するな、ソフィア。あの女と肉体関係を持つつもりは毛頭ない』

『ほんと？』

『ああ。あんなお子様体型、頼まれても嫌だな。あの女のどこを触るんだ？　ここか？』

にやけた顔をしながら、屑王子はソフィアの胸に手を伸ばす。

ピシッ。ピシッ。

窓ガラスのヒビが新たに二本入りました。

お子様体型ですか……。その台詞、一生忘れませんわ。

『クスッ。そんな意地悪を言ったら、セリア様が可哀想ですわ』

気持ちいいくらい上から目線ですわね。

リム兄様が一、二歩下がります。

『可哀想なものか。格下から婚約破棄された不良品だぞ。この俺と婚約を交わせただけで幸せだろ』

この台詞に、この場の全員がキレ掛けます。

そうですか。この私が不良品ですか……。あの男に劣ると仰りたいのですね。

『ウィル様は優しいですね』

『そうだろ。俺が結婚してやるんだ。あの女にはたっぷり働いてもらうさ。魔力と家柄だけは秀でているからな』

家柄と魔力だけですか。この屑王子は私をとことんモノとして扱う気ですね。

そして私は、傷物を貰ってくれた屑王子に感謝しながら、残りの人生を過ごせと仰るのですね。

屑王子がこの私にね……

『魔法具の製作にも秀でていますからね。あのお姫様は』

『ああ。その技術と魔石はグリフィードが有効に使ってやるさ』

『その利益と聖女の祝福。それらは、全てウィル様の人柄が引き寄せたものだわ』

『教会も俺に付くしな』

『もちろん。聖女である私も側妃として迎えてくださるんですもの。当然だわ。愛するウィル様のためですもの、我慢しますわ』

『すまない。……俺が国王を継いだら、あの女を北の塔に閉じ籠めてやる。技術と魔力を搾り取ってな。一生惨めにそこで生きていけばいい。散々、この俺を振り回したんだ。楽に死なせてやるものか。あの女がいなくなったら、次の国妃はソフィア、お前だ』

『嬉しいですわ。ウィル様』

そこで、私は魔法具を止めました。ここから先は自ずと想像できるでしょう。

ここまでで十分ですわ。


やっとといいますか、三か国の王が集まる日がきました。

今日で全てに決着が付きます。

煌びやかな廊下をお父様と歩き、案内されたのは謁見の間でした。

ここも無駄に煌びやかですね。ここまで派手にする必要があるのでしょうか？　はなはだ疑問ですね。もちろん、口には出しませんよ。表情を変えずに入ります。

すでに、セフィーロ王国の国王陛下とリーファが来ていました。お互い軽く視線を合わせてから中央に進みます。

グリフィード王国国王陛下と宰相様が階段下に立ち、私たちを出迎えます。確か、宰相様はマリアナ様の父君でしたわね。その脇には、アルベルト王太子殿下とマリアナ様が控えていらっしゃいます。私たちに軽く会釈をなさいました。

四人とも隈が酷いですわ。マリアナ様は化粧で隠してらっしゃるのね。余程、困難を極めたんでしょう。返答次第では、戦争に発展する可能性もありますからね。まぁ、お父様次第ですけど。

「……今回は、我が国の民が迷惑を掛けてしまい、心から謝罪する」

グリフィード国王たちは一斉に私たちに頭を下げます。まず、そこからですわね。

「グリフィード国王、罪人はどこにいる？」

お父様はグリフィード国王の謝罪には応えず、罪人の立会いを要求しました。その声はとても低く険しい。そして、かなり苛立っているようでした。

この場にいるべき罪人がいないのですから当然でしょう。差し出す気はあるのですか？　それとも、戦争を選択なされたのですか？　そうだとしたら、私、容赦はしませんよ。

「あまりにも煩くて、この場に連れては来られんかった」

はぁ？　何を仰ってるのでしょう、この人は。それが、一国の王の台詞ですか？　さすがに、この返答はありえませんわ。

煩いのなら、猿轡を噛ませればいいだけではありませんか。引き渡す気がない、擁護すると受け取られても仕方ありませんよね。

「……皇帝陛下。交渉は決裂です。帰りましょう」

グリフィード王国に見切りをつけた方がよさそうですわ。特に私たちが困ることはありませんし、そういたしましょう。

途端に慌て出すグリフィード国王と宰相。

こうなるとは予想しなかったのですか。情けないですわ。これが、国を統治する国王ですか。国を支える宰相ですか。あまりにも危機感のなさに呆れて何も言えませんわ。さすが、あの屑王子と屑息子の親、納得しましたわ。

冷たい目に晒される中、アルベルト王太子殿下は厳しい表情のまま、近くに控えていた騎士に小声で何かを指図しています。

「そうだな」

当然、お父様はアルベルト王太子殿下の動きに気付いています。その上での同意です。

「お待ちください!!　コンフォート皇帝陛下。セリア皇女殿下。罪人たちなら、猿轡を嚙ませて今ここに」

その言葉と同時に入ってきた罪人たちは、猿轡を嚙まされ、両腕を縛られた状態で騎士に連れられてきました。抵抗していますね。しかし、騎士たちに無理矢理膝をつかされます。肩を押さえられては動けません。

本来なら、初めからこの状態でなければなりませんでしたわ。

仕方ありませんね。もう少し付き合ってあげましょう。

セフィーロ国王陛下とリーファはなりゆきを窺っています。私たちコンフォート皇国と足並みを揃えることは、すでに確認済みです。

「一人足りませんが？」

私はアルベルト王太子殿下に尋ねました。

屑王子に聖女候補のソフィア嬢。側近候補のルイス様とギルバート様。

肝心な方がいませんね？

「リベル・グランハットは仲間の手に掛かり、今も目を覚ましておりません。なので、この場に連れてくることは叶いませんでした」

国王陛下と宰相様を無視してアルベルト王太子殿下が答えます。

平民であるリベルに、全ての罪を被らせて殺そうとしたのでしょう。屑はどこまでいっても屑というわけですね。

「その者も、こちら側に引き渡してもらえるんだろうな」

お父様はグリフィード国王と宰相様を無視して、アルベルト王太子殿下にじかに確認を取りました。この瞬間、コンフォート皇帝陛下は交渉相手を切り替えたのです。そうでしょう、私もそうしますわ。

セフィーロ国王とリーファが苦笑していますわ。

完全に顔を潰されましたわね。国王陛下、宰相様。二人とも顔を真っ赤にして怒っていますけど、自分たちの立場、理解していらっしゃいます？

それにしても、この方たちがトップで、よく今まで国を維持できていましたね。不思議でなりませんわ。余程、周囲の方々が優秀だったのですね。

「はい。いつでも引き渡せるよう手配しております」

よろしいですわ。

「ところで、アルベルト王太子殿下。一つ尋ねたいのですが、この罪人たちは己の罪を認めているのでしょうか？」

わざわざ聞かなくてもいいのですが、ここであえて私は尋ねました。尋ねなくてもわかりますが……この様子では、全く認めていませんね。抵抗していますし、私たちを憎しみに満ちた目で睨み付けていますからね。

そんな屑たちを見てると、口角が上がってきますわ。

「残念ながら……」

さらに、アルベルト王太子殿下の表情が険しくなります。

尋問はされたようですが、生易しいもので済んだようですわね。自国の王太子襲撃事件なのに、屑たちの体や顔に傷一つありませんもの。これで、自白させようなんて甘々ですわ。

「そうですか。ならば、この場で再度尋問をさせてもらえないでしょうか？　我が国のやり方で」

否とは言えませんよね、アルベルト王太子殿下。

外野が騒がしいですね。猿轡を噛ませましょうか。ああ、静かになりましたね。さすが、私のお父様ですわ。一睨みで黙らせるなんて。

「どうぞ。セリア皇女殿下」

「では、騎士の皆様、彼らの猿轡（さるぐつわ）を外してください」

さぁ、始めましょう。

貴方たちの断罪を――

「では、外す前に、これを全員の首に装着してくださいませ」

戸惑いながらも、騎士たちは屑（くず）王子たちの首に魔法具を装着していきます。さながら、首輪のようですね。まぁ、それを参考にして開発されたのですから、ある意味人間用の首輪ですわ。ただしそれが用いられるのは、重罪犯罪者だけなんですけどね。

猿轡（さるぐつわ）が解かれた途端、騒ぎ出す屑（くず）王子たち。

一斉に騒ぎ出すので、何を仰（おっしゃ）ってるかわかりませんわ。ただ、冤罪だと喚（わめ）いているのは聞き取れました。ならば、なおのことはっきりさせないといけませんね。

騒ぐ彼らを一向に止めようとしない私を、不審そうに見詰めるのは、グリフィード王国の方たちだけ。セフィーロ王国の皆様は私たちと同じように平然としてらっしゃいます。さすがですね。これがどういう物かご存じのようね。

そろそろ、効果が出る頃かしら。少し静かになりましたね。

「お気付きになられまして？　その魔法具は、許可なく言葉を発すると輪が絞まる仕組みになっておりますの。これ以上、無駄なお喋（しゃべ）りはおやめになった方がよろしいですよ。じわりじわりと絞め付けられて苦しいだけですから。それと……」

話している途中で、ギルバート様が大きく痙攣し、倒れてしまいましたわ。小刻みに震えていますが、意識はあるようですね。では、続けましょうか。

「せっかく、親切に教えて差しあげているのに、途中で遮るからですわ。無理に外そうとなさると、ギルバート様のように雷が体内を流れますわよ。さて、大人しくなったことですし、まずはこの映像をご覧くださいませ」

そう言って見せたのは、一昨日回収したばかりの魔法具ですわ。

何もない空間に映し出されるのは、彼らが捕えられる少し前の映像。中庭の映像です。

しかし、捕縛に関わっている者たちは、この映像がどこのものかすぐにわかったようです。途端に顔色が悪くなる屑王子たち。この四人にとって、この場所はいろいろな意味で関わり深い場所ですからね。

この映像で貴方たちを追い詰めるつもりはありませんよ。これは謂わば、前菜のようなもの。ディナーは始まったばかりですわ。

「……セリア皇女殿下。よろしいでしょうか？」

映像が終わったと同時に話し掛けてくる方がいます。アルベルト王太子殿下でした。

「何でしょう」

「この中庭は学園内のように思えます。ですが、学園内では、魔法具の使用は禁止されていたはずではありませんか？」

そのことですか。

証拠が不正に取得されたかどうかを知りたいのですね。あと信憑性も確かめたいと。

「ええ。禁止されてますよ。ただし、それは使用についてのみですわ。私、魔法具の研究をしておりますの。もちろん、学園にもその旨は届けておりますわ。景色の撮影の許可も下りています。気になるのでしたら、学園に問うてくださいまし」

嘘は言っていませんよ。

「では、これは偶然に撮れたものだと？」

突っ込んできますね、アルベルト王太子殿下。

このような場の中で、この発言。なかなかの気概をお持ちのようですね。

構いませんわ。答えて差しあげましょう。余興にちょうどいいですしね。

隣にいるマリアナ様が、今にも倒れそうなほど憔悴しきっておられますが、婦女子にはいささかきつい空気でしょうに。

「ええ。偶然ですよ。魔法具がきちんと作動しているかどうか調べるには、やはり、実際に起動させないといけませんからね。まぁ、自分の部屋でもよかったのですが、それでは面白みがありませんでしょ。なので、外の景色を撮ることにしたのです。とはいえ、どこでもいいというわけにはいきません。できる限り学生が来ない場所を選んだ結果ですわ。ご納得いただけたでしょうか」

「確かに、この場所なら学生は来ないですね」

「ええ。人気がない場所ですから。度々実験していましたわ」

その台詞で、アルベルト王太子殿下は気付いたようです。映像は一つじゃないと。それ以上、突っ込んではきませんでしたが。

そして、アルベルト王太子殿下以外にも気付いた者がいたようです。当事者である、屑王子とソフィア嬢ですわ。真っ青な表情で小刻みに震えています。自分がかつて言った言葉を思い出したようですね。

アルベルト王太子殿下のおかげで、いい具合にスパイスを足せましたわ。心から感謝します。

では、続けましょう。でもその前に——

「そこの騎士の方。少し手伝ってくれませんか」

近くにいた近衛騎士を呼びます。少し警戒しながらも近衛騎士はすぐ側まで来ました。

「私がですか。何でしょう」

「申し訳ありませんが、これを着けてもらえませんか」

差し出したのは、屑王子たちが着けている魔法具です。ここにいないリベルの分ですね。

明らかに困惑する騎士に説明します。

「実はこの魔法具、もう一つ機能が隠されているのです。その機能を説明したいのです。口で言うよりも、実際に見た方が早いので。ご安心ください。騎士様は罪人でも容疑者でもありません。用が済めばすぐに外します。痛みもありません」

さらに困惑を強くする近衛騎士。

でしょうね。ギルバート様がのた打ち回っているのを間近で見ていましたし。

しかし、アルベルト王太子殿下が頷くのを見て、渋々ですが承諾していただきました。大変ですね、宮仕えは。

「協力感謝しますわ。騎士様」

私はお父様譲りの黒い笑みを浮かべました。

近衛騎士の首に魔法具が装着されました。彼は無言ですが、気持ちいいものでは決してないでしょう。目が合ったのが不運ですね。

それでは始めましょうか。

そう思った矢先、謁見の間の扉がいきなり開きました。

さすがの私もこれには驚きましたわ。

威風堂々と入ってきたのは、一人の貴婦人でした。軽く頭を下げます。

やっと登場なされたのですね。さすがに、我慢ができませんでしたか。それにしても、グリフィード国王と宰相様が及び腰ってどうですの。

反対にアルベルト王太子殿下は頭を軽く下げ、落ち着いた様子で貴婦人を迎え入れます。マリアナ様もです。

「『王妃殿下。お久し振りです』」

「ほんに。久し振りですね、アルベルト。……コンフォート皇帝陛下も、セフィーロ国王陛下も変わらぬようで安心しましたわ」

そう声を掛けられて、お父様もセフィーロ国王も苦笑しています。

どうやら、二人ともかなり親密なお知り合いのようですね。まぁ、それは今はどうでもいいですわ。それよりも、王妃殿下は屑王子を一瞥もしませんね。

「……これまでの経緯、全て聞きましたわ。まず、グリフィード王国王妃としてセリア皇女殿下と、リーファ公爵令嬢に、深くお詫び申しあげます」

一国の王妃殿下が深々と私たちに頭を下げました。

「この四名は好きにしていただいて構いません。その上で、賠償の話をいたしましょう」

後から来て早速賠償の話をしようとする王妃に、私はちょっとカチンときました。

アルベルト王太子殿下も王妃殿下を止めようとしてますが、王妃殿下は聞こうとはしません。さっさと終わらせようとしています。

王妃殿下は知っているのです。

屑王子がどれ程のことをしでかしたのかを。知っているからこそ、それが公になる前に幕引きをしようとしているのです。グリフィード王国を護るために。かなり強引な手を使っても。

そもそも、王妃殿下が公の場から退き後宮に引き籠もった原因は、屑王子を廃嫡し国外に追放しようとしたからだと聞いています。

しかし、国王様と宰相様は廃嫡も追放も認めなかった。厳重注意と謹慎で終わらせたそうです。情けない話ですわね。

結果、失望した王妃殿下は後宮に籠もられた。

王妃殿下としての最低限の仕事はしていたそうなので、そのままにさせていたのでしょう。病気だと公には発表されていましたが。当然調べていますよ。屑とはいえ、王子を相手にしているのです。足元を掬われるわけにはいきませんもの。

これはもう戦争なのです。

グリフィード王国の皆様はさぞかし悔いてるでしょうね。あの時、王妃殿下の考えを尊重していたら、違う結果になっていたでしょうに。とはいえ、このまま王妃殿下の思い通りにはできません。

口を開こうとした時でした。

「それはできぬな」

一言、お父様が告げました。

「何故です？　この者たちを好きにしてよいと言っているのですよ」

「余程、グリフィード王国は我が皇国を馬鹿にしているようだ。忘れていないか、我が国は法治国家だ。罪人は法廷にて罪を裁かれる。ましてや、その者たちは冤罪を訴えているじゃないか。グリフィード王国が確固たる証拠を提示できないから、わざわざ我らが手を貸しているのに、それを途中から入ってきた者がやめよと命ずるのか。ならば、こちらも考えがある」

声のトーンを変えることなく話していますが、お父様はかなりご立腹ですわ。

「そうですね。では、国境に配置している兵に号令を出しましょうか」

「そうだな」

お父様が私に微笑み掛けます。当然私も微笑み返します。

「ならば、我らも号令を出そうか。行くぞ、リーファ」

「はい」

コンフォート皇国、セフィーロ王国。両国の代表者が踵を返そうとしました。駆け引きでしたわけではありません。

本気だと伝わったのでしょう。焦ったのも、追い込まれたのもグリフィード王国側でした。

「お待ちください!!」

アルベルト王太子殿下が我々を必死で止めます。そして王妃殿下を諫めました。

「王妃殿下!! 貴女は我が国を滅ぼすおつもりですか!? 現実を見てください。我が国はこの三国の中で一番弱小なのですよ!!」

その言葉に王妃殿下はグッと息を呑み、国王様と宰相様は反論しようとします。

「我が国が――」

「黙りなさい!!」

王妃殿下は国王様の言葉を遮りました。そして再度、深々と頭を下げ謝罪します。

「大変申し訳ありませんでした。取り乱してしまいましたわ。アルベルト王太子殿下、私は国王陛下と宰相と共に下がります。後は貴方に託します。グリフィード王国をよろしくお願いいたします」

アルベルト王太子殿下に語り掛けるその顔は、憑き物がとれたかのような、晴れやかな表情をしていらっしゃいました。

私がお父様を見上げると、どこか悲しげに見えます。セフィーロ国王陛下も似たような表情をしておりました。

おそらくこの瞬間、お父様とセフィーロ国王陛下は気付いたのでしょう。王妃殿下が一芝居うったことに。私でも気付いたのですから。

アルベルト王太子殿下に正式に国を譲渡することを宣言し、同時に自分たちが退くことも宣言したのです。まだ、王宮内には屑王子の信徒が結構な数いますからね。

それに、そのままこの場に国王様と宰相様がいても、失態を見せるだけでしょうからね。だから、最悪な事態が来る前に早々に回収に来たのでしょう。

気持ちはわかります。だとしても、それで終わりにさせませんわ。いいように利用された感じがして不愉快ですもの。それに、あまりにも無責任過ぎませんか。

「……皇帝陛下、構いませんか？」

お父様に許可を願います。

「好きにしろ」

わかりました。好きにさせてもらいましょう。

私は王妃殿下の前に立ち塞がります。

「グリフィード国王陛下、王妃殿下、宰相様。まだ終わってはおりませんわ」

ものすごい目で睨んできますね。邪魔されたのが余程お嫌でしたか。

でも、怯みませんわ。この私が人相手に怯むわけないでしょう。

「貴方たちの退出を誰が許しましたか？」

王妃殿下がお父様を見ます。

「許してないな」

「私も許してないな」

お父様とセフィーロ国王が答えます。

これで、退出できなくなりましたね。王妃殿下の歯軋り(はぎしり)が聞こえそうですわ。

「貴方たちの息子がしでかしたことです。親である貴方たちが最後まで見なくてどうするのです。途中退席はあまりにも無責任ではありませんか？」

冷めた声で王妃殿下に告げて私は放置されていた哀れな騎士様に目を向けました。一瞬ビクッとなされましたわ。

私そんなに怖いかしら。ちょっとショックですわ。

それでは騎士様、再開しましょうか。

そんなに不信感丸出しの表情で引かなくても、とって食べたりしませんよ。傷付きますわ。少しでも安心してもらおうと、にっこりと微笑んだらなおのこと引かれました。そんなに私の笑顔は怖いのでしょうか。

「大丈夫ですよ、騎士様。痛くはありませんから。痛い方は持ってきておりません。ただ、声が出なくなるだけですわ。あと少し息ができなくなります」

傷付きながらも詳しく説明したのですが、不信感は拭い切れなかったようです。

「……理解しました」

声も力なく硬いままです。

「騎士様にとっては不運かもしれませんが、諦めてくださいね。では、早速始めましょう。騎士様、貴方の名前を教えてくださるかしら」

「……サム・クラフトと申します」

緊張しながらも教えてくださいましたわ。

「サム様ですね」

「はい」

「では、始めます。これから、私が二つ質問します。その質問に全て、はいと答えてください。よろしいですか？」

「畏まりました」

肩に力が入っていますね。痛くはないのだから、緊張しなくてもいいのに。

「では、始めます。貴方は騎士ですか？」

「……はい」

変化はありません。

「では、二つ目の質問です。貴方の名前はサム・コンフォートですか？」

「…………はい」

少し間が空いた後、騎士様は答えました。

その瞬間、呻いて膝をつきます。片手は床に押し当て激しく咳き込みながら荒い息を吐いています。すぐに魔法具を外しましたわ。

それにしても、最初の質問でこの威力……。強過ぎるかしら。改良の余地ありですわ。

「大丈夫ですか？　サム様。協力していただき、心から感謝いたしますわ」

「いえ……」

そう答えると、サム様は後ろに下がります。大丈夫そうですね。

サム様から視線を外し、本命である屑王子たちに移します。

その途端、全員の体が見事に跳ね上がりましたわ。ピョンって。ソフィア様は短く悲鳴を上げ、仰け反っています。

試しに一歩近付いてみますと、お尻を床につけたまま下がりました。その様子に、心の中でニンマリと笑みが浮かびますわ。

「あえて、口で説明する必要はありませんね。最初が、今ご覧になった状態です。偽証しますと、その度に強度が進みますので、無駄なことなさらない方がよろしいですよ」

大事なことなので、ちゃんと教えて差しあげました。あらあら、ソフィア様。そんなに震えて。他の皆様も真っ青ですね。冷や汗が凄いですわ。ちょっと息ができなくなるだけなのに。粗相はしないでくださいませ。

「何をそんなに震えていらっしゃるのですか？　嘘を吐かなければ、何も起こりませんわ」

そう……嘘を吐かなければね。

「では、質問をさせていただきます。全て、はいと答えてくださいませ。よろしいですか？」

始めようとした矢先、ソフィア様を除く屑王子たちは愚かにも魔法具を外そうとベルトに手を掛けます。

「あらあら、そんなことするとまたビリッときますよ。ほら。ギルバート様、貴方には学習能力がないのですか？　二度目ですよ。気絶しないでくださいませ。あー仕方ありませんね」

倒れて呻いている屑王子たちの頭上に水球を作ります。そして魔力を解くと水球は破裂し、屑王子たちの上に降り注がれます。

「あ、起きましたね。ボロボロじゃないですか。まだ何も質問していないのに」

仕方ありませんね。軽く溜め息を吐いてから【回復魔法】を掛けてあげましたわ。屑王子たちにポーションはもったいないですからね。

「……聖魔法が使えるのか」

この呟きはアルベルト王太子殿下。そういえば、ソフィア様は聖魔法の適性がありましたね。その割には、まともに使えたためしはなかったようですが。そんなソフィア様を、この国は大事に囲ってらっしゃったわね。

その声に気付かないふりをしたまま、私は同じ台詞を繰り返しました。

「では、質問させていただきます。全て、はいと答えてくださいませ。よろしいですか？」

無言のまま、ぼんやりとした目で屑王子たちは私に視線を向けます。その目に、もはや光はありませんでした。

「質問は五つ」

その台詞に、反射的に身を竦ませ再び震えだす屑王子たち。構わず私は質問を口にします。

「まず一つ目。ハンターたちが拾ったハンカチは、リベルと一緒に貴方たちが用意したものですか？」

屑王子たちが用意したのであれば何も起こりません。反対に、無実なら苦しい思いをするでしょう。「はい」ではなく、「いいえ」と答えたとしても、当然首が絞まる仕組みですわ。

つまり無実でなければ、次のことを証言したことになります。

ハンカチは私のモノではないということ。同時に、そのハンカチをわざわざ自分たちが用意し、リベルに渡したということ。だって、私はこう訊きましたよ。

リベルと一緒にって——

さぁ、どう返事をしますか？

素直に罪を認めますか？

それとも、苦しさを選びますか？

まぁ……どちらを選んでも、答えは同じなんですけどね。

あ～この選択をなさいましたか。

これなら、苦しい思いもせず、罪を認めたことにもなりませんよね。まぁ、構いませんが。罪人の中には、屑王子たちと同じ行動する人もいますからね。当然、その対策もしておりますわ。

「考えましたね。確かに、無言が最善の選択と思えますよね。でもそれは、愚策ですわよ。質問から三分、無言だと魔法具は作動しますから。そろそろかしら？　ほら、苦しくなってきたでしょ。素直に答えていれば、こんな苦しみを味わうことはありませんでしたのに。せっかく、苦しい思いをしないよう質問したのですよ」

あら。親切心でしたのに、睨まれてしまいましたわ。でも、ちっとも怖くはありません。特にギルバート様、騎士の卵だった貴方が号泣されるとは。

しかし、グリフィード王国の面々の方々には、あまりにも刺激的な光景らしく、口元を押さえふらついておいでですわ。

情けない。倒れられても困りますし、仕方ありませんね。少しスピードを上げましょうか。

「では、再開しますね。皆様、答えてくださいな」

少しの間の後、皆様「はい」と答えられましたわ。当然、苦しくはなりません。

「つまり、このハンカチは貴方たちが用意したものですね。私を貶（おとし）めるためですか？　そうでしょうね。好意で渡すプレゼントなら、イニシャルを間違えませんもの」

にっこりと微笑みます。

「では、次の質問です。このハンカチは、アルベルト王太子殿下襲撃事件のために用意したものですか？」

「「「「…………はい」」」」

屑（くず）王子以外は変わりません。屑（くず）王子は涙目で激しく咳き込んでいます。

つまり、アルベルト王太子殿下の襲撃事件に関しては、側近候補の二人とソフィア様が計画し実行したことが証明されましたね。

それにしても、この時点での皆様の顔といったら……以前の、派手で自信に満ち溢れていた面影は皆無ですね。

「では、三問目です。リベル・グランハットを口封じのために殺そうとしましたか？」

どうしました？　答えてください。アウ、アウじゃわかりませんよ。ちゃんと言葉を発しなさい。それに、私に手を伸ばしてもどうにもなりませんよ。そうしているうちに時間切れになりましたわ。学習能力がないのかしら。時間が切れてから「はい」って答えるなんて。

仕方ありませんので、もう一度、同じ質問をします。

屑王子とギルバート様は連続で喉を押さえています。

つまり、屑王子とギルバート様は、リベルの口封じに関しては後に知ったことで関与してないことになりますね。

まぁ、屑王子はその場にいませんでしたから、そんなことを考える必要性はなかったのでしょう。では何故、屑王子にも一緒に尋ねたのか。そんなの決まってますわ、確認のためです。ただの嫌がらせも含まれていますけどね。

何度も屑王子たちは息苦しさを味わい、やがてピクリとも動かなくなりました。意識はありますが、完全に心が壊れた感じですね。あと、質問は最低二回残ってますから頑張ってください。

「……セリア皇女殿下。頼む。これ以上はやめてもらえないだろうか。すでに罪は明白じゃないか。コンフォート国王からも頼む。これはもはや尋問じゃない。拷問ではないか」

次の質問をしようとしたら、グリフィード国王が水をさしてきました。実に不愉快ですわ。

「拷問ですか……。人聞きの悪いことを仰いますね。初めから素直に罪を認めなかったからこうなったのでは」

自分たちが無能なのを棚に上げて、私を責めるのですか。アルベルト王太子殿下も止めませんね。

貴方も拷問だと考えていらっしゃるの？

「その点については、我々は何も言えぬ。しかし、これは明らかにやり過ぎだ!!」

グリフィード国王様は大変憤っておいでですわ。何故ですの？　この方々たちは自分の国の次期国王を殺そうとしたのですよ。これでも、まだ十分甘い方だと思いますが。だって、与えられる苦しみはほんの一瞬ですよ。これが我が国なら――

「やり過ぎか……」

お父様の台詞に、なおも国王様は言葉を被せてきます。

「確かに、我が貴族がセリア皇女殿下とリーファ嬢を嵌めたことは決して許されぬことだ。じゃが、この件にウィリアムは関わってはおらぬ。ウィリアムについて、これ以上の審議は必要ないだろ」

まぁ確かに、この件に関して屑王子は直接関わってはいないでしょう。しかし彼らは、屑王子の側近候補の方々であり恋人であった者たちです。無関係とは言えません。それに、屑王子には他国の皇女の殺害を企てた疑いがありますわ。

「何て甘いことを。本来なら、貴方たちが率先してやるべきこと……。ウィリアム殿下の配下が次期国王の殺害を企てたのですよ。おわかりかしら？　他国をも巻き込み、謀反を起こそうとしたのですよ」

あえて言葉にしないと事の重大性がわからないんでしょうね。だから、そんなことが言えるのですわ。アルベルト王太子殿下も可哀想に。

「国王陛下。いつまで、ウィリアムを庇うおつもりですか？　いい加減、現実をご覧ください」

ついに、アルベルト王太子殿下が切り出しました。

「お前は弟を切り捨てるつもりか‼」

「切り捨てますよ。王国のためにならないのなら」

当然ですわ。屑王子だけでなく、国王陛下も王妃殿下も切り捨てられますね。

「……切り捨てる。何を言ってる？」

お父様の地を這うような低い声が、醜い言い合いをしているグリフィード国王とアルベルト王太子殿下を止めました。

まさか、ここでぶっ込んでくるのですか⁉　お父様。

「セリアの殺害を企てた奴らに未来なんて、初めからありはせん」

お父様の恫喝は、まさにその場の空気を一変させました。

グリフィード王国の面々は瞬時に顔色を失います。

とはいえ、慌て出し取り乱しているのは国王様ただ一人。宰相様は呆然と立ち尽くし、王妃殿下は苦々しい表情でウィリアム殿下を睨み付けております。ただ、アルベルト王太子殿下だけは、厳しく険しい表情をしながらも威厳を保ち続けておりますわ。

リベルが刺された時の映像以外に、別の映像も保持していることをそれとなく口にしましたからね。アルベルト王太子殿下はそのことを聞き逃していなかったのでしょう。王妃殿下はいませんでしたが、国王陛下と宰相様は完全に聞き逃していたみたいですね。統治に携わる者として完全にアウトでしょう。つくづく不思議に思いますわ。よくこれまで、この大国が維持できたことに。

「ウィリアムがセリア皇女殿下を亡き者にしようとしたと……」

当然、そう尋ねたのはアルベルト王太子殿下でした。

「ああ。そこの屑とその女がな」

冷たく答えるお父様。その視線に晒された屑王子と偽聖女は完全に凍り付きました。いや、言葉の綾ではなく本当に凍り付きましたわ。絶大な魔力は今もご健在ですね、お父様。

「……セリア。本当にそんなことがあったの？」

リーファがそっと私に近付き、小声で訊いてきます。

「まぁね……」

曖昧に私がそう答えた時、お父様が例の魔法具の映像を再生させました。やっぱり再生するのですね。

映し出される映像の数々に、その場にいた者たちはもはや発する言葉もありませんでした。やっぱり何度見ても不愉快しかありませんわ。さすがに、例の場面はカットされましたけど。まぁ、何をしているかは自ずとわかりますよね。

「……ここまで酷いとは、さすがに想像できなかったわ」

呆れ果てたリーファの言葉に、私は大きく頷きます。

リーファ、淑女の仮面外れていますわよ。そういう私もですが。

「よく、今まで黙ってたわね」

リーファは私にも呆れているようでした。

「あくまで、学園内でしたから」

「それにしてもね……」

リーファが言いたいこともわかります。

「読解能力がない彼らに掛ける言葉などありませんわ。そんな無駄なことに時間を割くのなら、魔の森に潜りますわ」

その答えに苦笑するリーファ。それはセフィーロ国王陛下も一緒でした。

お父様は無詠唱で屑王子とソフィアの氷を解かします。相変わらず繊細で綺麗な術式ですこと。

自由になった屑王子とソフィアは、魔王と化したお父様を見上げて恐怖し、同時にお父様の背後で止まっている映像に体が固まりました。なんせ、見覚えがある映像ですからね。当然、交わされた会話も覚えていることでしょう。汗が滝のようにダラダラと流れていますわよ。

そんな屑王子とソフィアに、お父様が一歩近付きます。屑王子とソフィアは逃げようとしていますが、体が動かないようですね。まるで、蛇に睨まれたカエルのよう、無様ですわね。似合ってますわよ。もちろん、側近候補の二人もですわ。

そんな屑王子たちにお父様は尋ねます。

「おい、小僧。気分はどうだ？　お前たちのせいで国がなくなる気分はよ？」

質問しても答えるものはいませんでした。

「「なっ⁉」」

声を上げたのは、目の前にいる当事者たちではありませんでした。国王様と宰相様です。すぐにお父様のひと睨みで黙ってしまいましたわ。どこまでも甘い方たち。

しかし一番不思議なのは、当事者の屑王子たちが呆然としていること。

「とことん、現実がわからん奴らだな」

同意見ですわ、お父様。

でもこれから先、嫌でも知ることになるでしょう。その時に後悔しても遅いですわ。

時間は有意義に使わないと。もったいないですわ。

「皇帝陛下。これ以上、この屑たちに何を言っても無駄ですわ」

「……そうだな。では早速、損害賠償の話を始めようか、グリフィード国王」

真っ黒な笑みを浮かべながら、お父様は最後の詰めに入りました。

さぁ。どう返答します？　グリフィード国王陛下。

「……く、国を奪うつもりか!!」

グリフィード国王は吠えます。いくら大声を上げられても、ちっとも怖くはありませんわ。だって、負け犬の遠吠えですもの。

「奪う？　戯けたことをぬかすな。まだわからんのか。お前の屑が何をしでかしたのかを」

完全に素ですわよ、お父様。もう、言葉を飾るのも面倒くさいのですね。

まるでゴミを見るような目で見られ、顔を真っ赤にして怒り出すグリフィード国王。

それを見てつくづく思いましたわ。言葉が通じないのは遺伝ですね。屑王子は完全に国王様の血を受け継いでいらっしゃるわ。

それにしても、キャンキャン煩いですわ。さすがに、うんざりです。なので、お父様に言いましたの。

「……皇帝陛下。言葉が通じない上に現実が見えない方に、何を言っても無意味ですわ。しいて言えば、穴の空いたザルに水を溜めようとしているみたいなものです」

一国の王に向かって、正面切って臆することなく、お前は無能だと告げたのです。

グリフィード王国に完全に喧嘩を売りましたね。だけど、これっぽっちも間違ったことは申しておりませんわ。それにそもそも、喧嘩を売ってきたのはそちらですし。ほんの少し、言い返しただけです、ほんの少しね。

お父様、すみません。余計に悪化したみたいですわ。

キャンキャン吠える負け犬が二頭に増えました。宰相様です。

宰相たる者が一緒になって何を言ってるんですか？

もはや、溜め息しか出ません。皇国の宰相様とはまるで違いますね。比べるだけで怒られてしまいますわ。

……それにしても、話が一向に進みませんわ。

つまりグリフィード王国は、話をする必要がないと決めたのですね。

だってさっきから言っている言葉は「無礼だ!!」「横暴だ!!」だけ。

もう一度言いますが、この場は国の行く末を決める大事な場です。

なのに、加害国の国王からは具体的な話は一切出てきていません。これでは、どちらが被害者なのかわかりませんわ。感情的になって被害者に対し喚き散らすだけの加害国って……。アルベルト王太子殿下が止めようとしたら、反対に怒鳴る始末。どこまで醜態を晒すつもりですか。

　それならそれで、こちらは全然構いませんわ。

「皇帝陛下。開戦しますか？　どうやら彼らは、この国がどうなっても構わないと考えているようです。ならば、どのような結果になっても、文句を言わず呑むでしょう」

　残念ですが、悪いのはグリフィード国王と宰相様です。

「そうだな。帰るか」

　そう告げ、彼らから背を向けた途端、今度は慌てて私たちを引き止めてきます。

　もう付き合ってはいられませんわ。

　もちろん、屑王子たちは私たちと一緒に来てもらいますよ。まずはコンフォート流の尋問を受けてもらいますわ。さっきまでの尋問よりもさらに厳しいものをね。それから裁判ですね。

「お待ちください!!　コンフォート皇帝陛下。セリア皇女殿下」

　アルベルト王太子殿下が私たちの前に先回りをし、必死の形相で止めに入ります。

　どうしようもない愚王と宰相を持つと苦労しますわね。心から不憫に思いますわ。

「悪いのはそちらだろ」

　お父様は受け付けません。私もです。

「こちらは最後まで礼儀を尽くしましたのに残念ですわ……。せっかく、学園で親友もできましたのに」

　とても悲しそうに伝えました。嘘は吐いていませんよ。

すると、アルベルト王太子殿下は一つの妥協案を提示してきました。

「ならば、コニック領を賠償として差し出します」

私とお父様は、内心ニヤリと笑みを浮かべます。顔には出しませんよ。出したら、終わりですからね。

アルベルト王太子殿下の口からコニック領が出た途端、またしても声を荒らげる国王陛下。今度は王妃殿下も加わっています。

でしょうね。コニック領はグリフィード王国の要の領地の一つですものね。失えば、両腕をもがれたも同様ですわ。だって、外貨を得る手段がなくなってしまいますもの。生活のほとんどを輸入に頼っている国が……

宰相様はアルベルト王太子殿下に発言を撤回するよう迫りました。

王太子とはいえ、王族が一度口にしたことを臣下である宰相様が撤回するよう迫るとは……。どこまでも、規格外の方ですね。

「ならば、戦争をしますか、国王陛下。多くの民を巻き込み、我が国が敗戦間違いない戦いを」

怒りを含んだ目と口調で、アルベルト王太子殿下は自分の父親に迫ります。

その言葉に、やっと国王陛下たちは口を閉ざしましたわ。ここまで言わないと、現実が見えないのですか……。そして、ここまで悪化させたのはいったい誰か理解していただきたいですわ。無理でしょうけど。

これにて、賠償の話は終了しましたわ。

コンフォート皇国はコニック領を。

セフィーロ王国はボラン領を。

今回の賠償としていただきましたわ。

これで、グリフィード王国は両方の翼を剥ぎ取られたのです。

「……三年だな」

「私は五年ですね」

そんな会話がお父様と私の間で交わされているなんて、グリフィード王国の方々は知らないでしょうね。

◇◆◇

「……あんなことがあったのに、学園は平和よね～」

休校明け初日。

いつもの定位置に座りながら、リーファはぼーっと中庭に視線を向けたまま呟きます。

「そうですね……」

何事もなかったかのように流れる時間。二か月前に起きたことが嘘のようですわ。

でも明らかに、変わったことがあります。この学園の生徒数ですわ。グリフィード王国の生徒数がグンッと減りましたの。まぁ正確に言えば、休学中の生徒が多くなったんですけどね。様子見というところかしら。なんせ、この学園は我がコンフォート皇国のものになったのですから。

ほんと、この学園の教師陣は優秀ですわ。教育もですが、経営の面も。普通はどちらかだけですのに、あるいは、どちらも駄目か。学院はどちらも駄目の方ですね。

実際、学校が休校になったのは二か月だけ。その間に全てのことを終わらせるなんて、思ってもいませんでしたわ。とはいえ、編入生を受け入れるのは、まだまだ先の話になりそうですけどね。新学期を目安にしているそうですわ。当面の間は在籍している生徒だけになりますね。

「……そんなに涼しげな顔をして、いったい何を考えてるのやら」

あら。珍しいわね。リーファがそんなことを聞いてくるなんて。

「特に何も考えていませんよ。ただ、この学園の先生方は優秀だと感心していただけですわ」

「へ～」

何です？　その疑いの目は。

「これくらい優秀なら、我が皇国の子息や令嬢を短期間受け入れても大丈夫だと考えていただけですわ」

「ほら。考えてる。で、短期間なの？」

「ええ。学院の生徒を。元々、伯爵領にこの学園のような学校を建設するつもりでしたの。そこで、学院の生徒に魔物討伐の実習をさせようと考えていました」

リーファなら教えても大丈夫でしょう。

あら、どうかしました？　かなり引いてらっしゃいますが……。おかしなこと言いました？

「……あ～いろいろ、鍛えるために？」

「ええ。その通りですわ。さすが、リーファですわ」

満面な笑みを浮かべます。ますます引かれましたわ。私の笑みはそんなにおかしなものかしら。親友にまでなんてショックですわ。

「あのさ……一つ訊いていい？　まさかとは思うけど、この学園が欲しくてコニック領を選んだの？」

おかしなことを訊いてきますわね。そんなの決まっているじゃないですか。

「もちろん。学園の建築費が浮くでしょ。寮などの諸経費も浮きますわ。これはかなり大きいですわ」

一から全てを建設するのは、それはそれは大変ですもの。学校だけならまだしも、生徒たちのために寮も建設しなくちゃいけませんわ。その他にも決めることは山程ありますもの。そして比例して、莫大な費用が掛かります。それがまるっと浮くのですよ。貰えるなら貰うに決まっていますわ。

「……うん。セリアはそうだよね。らしいわ」

「それはどういう意味ですか？　とても気になりますわ」

「それで、セリア。あいつらはどうなったの？」

さらりと無視されましたわ。

「無事裁判も終わり、全員、犯罪奴隷として働いてもらってますわ。各々の得意分野で。ウィリアム元殿下は魔物討伐を。ソフィアとルイスは魔力の底上げ中ですね。ギルバートとリベルはコンフォ伯爵家持ちですわ」

「元殿下はまだわかるけど、いまさらこの歳で、魔力の底上げってできるの？」

リーファが疑問に思うのも仕方ありませんね。本来魔力の量は、第二次成長期で決まります。かなり年齢がオーバーしてますわね。

「難しいですけど、決してできないわけではありませんわ」

「どうやって？」

「簡単ですわ。魔力切れを起こして倒れるまで魔法を使えばいいだけですわ」

難しくないでしょう。ちょっと過激ですけどね。

「確かに理屈ではそうだけど、そう簡単にいくの？」

「いくと思いますわ。実際に私はそうやって魔力量を増やしましたから。でも、二人の年齢からみて、そんなに跳ね上がらないでしょうね。それでも、それなりになると思いますわ」

まぁ使えなかったら使えなかったで、仕事はたくさんありますからね。どちらでも私は構いませんわ。

底上げの件については、特に無理を言ってはいませんよ。かつて私も、魔物討伐に加わる前に同じ訓練をしましたわ。魔力量が人よりかなり多い私でさえ五回は倒れましたね。そこまでして底上げをしてから、魔物討伐に加わりましたの。

魔物討伐に加わってからは、何度も同様の状態になりました。そこまでしないと、あの森では生き残れないのです。悪魔と言われそうですが、これは私なりの優しさですわ。

「それなりって、何回倒れなきゃいけないの？　まぁ、私には関係ないけど。……そっかぁ〜セリアはそうやって魔力を増やしたんだね」

「そういう、リーファもでしょ」

おかしなことを言いますわね。S組のほとんどは何かしらしてるはずですわ。あの元屑王子も。

「まぁ、私の場合は事故だけどね」

リーファは一瞬表情を曇らせ微笑みます。そんな表情の彼女は見たことがありませんでした。その悲しげな笑みは、私の心に小さな棘となって残りました。だけど私は、気付かないふりをします。リーファも私も、お互い国を背負う立場にいますから。人には言えない過去があるでしょう。元屑王子のように、のほほんとした環境で育った方が珍しいのです。

裁判で明らかになったことですが、ソフィアもルイスもリベルも、脳筋のギルバートでさえ自分が欲するもののために動き招いたことでした。

ソフィアは地位とお金。

ルイスは義姉のマリアナ様。

リベルは幼馴染みで初恋の女のために。

ギルバートは主と愛する女のために。

結果はどうであれ、自分たちの望みのために動き、負けただけのこと。

だけど、ウィリアム元殿下たちの件は、私の心にも影を落としました。如何なる理由があったとしても、彼らの未来を奪ったのは事実なのだから。

ほんと、今日の紅茶は特に苦いですわ。

思わず、苦笑が漏れていました。

そして、思うのです。

これから先、幾度となく、苦い紅茶を飲み続けることになるのだと。

――私が皇女であり続けるかぎり。

「……セリア？」

親友が心配そうに見詰めています。

「大丈夫ですわ。ありがとう、リーファ」

自然と笑みが溢れます。貴女がいるおかげで、いくら苦い紅茶を飲んでも笑っていられます。

本当にこの学園を選んで良かったですわ。

リーファという宝に会えたのだから。


元婚約者との婚約を白紙にしたことから始まった今回の騒動ですけど、やっと終結しましたわ。

これで学業に打ち込めますね。私の場合は実地ですけど。学園は本来勉強するための場所なのだから。まぁ中には、違うことを目的にされてる方もいらっしゃいますけどね。それは、人それぞれでしょう。

ひと安心していた私は、この時まだ知りませんでしたの。今のこの平和な時間が、束の間の休息だったってことを。

声を大にして言いたいですわ。

学園は勉強するところです!!

第四章　一切関係ありません

明日から新学期。

休学中だったグリフィード王国の生徒の三分の一は、結局そのまま学園を去って行きました。

王都にある学校に通うそうです。

貴族のためだけの学校、コンフォートでいう学院のような学校ですわ。当然、平民は入学できません。自ずと学校のレベルと学風は想像できますわね。どのような学校かも。簡単にいえば、学園に進学できなかった方々が通っていると思ってください。

仕方ありませんわ。コニック領はコンフォート皇国の領地になってしまいましたもの。

今まで掛かっていた学費が格段に上がりますものね。それに加えて、留学の諸手続きにもそれぞれ別途に費用が掛かってきます。余程の突出した実力がない限り、下位貴族では難しいでしょうね。グリフィード王国の物価も高騰していると聞きますし。

今は通えても、これから先、このままこの学園で学び続けるのが難しくなってくる生徒も当然出てきますわね。致し方ありませんわ。

でも中には、学費免除になるための試験を受ける生徒もいます。自力で稼ぐ生徒もいます。S組の生徒が主にそうですね。ちなみに私もそうですわ。ポケットマネーでほぼ全ての学園生活の費用は私が出しています。魔物討伐と魔法具の製作は何かとお金になりますからね。婚約破棄してからは収入が増えましたし。

それはさておき、特に費用など問題としない生徒もいます。

今学期から編入する編入生がそうですわ。

セフィーロ王国からと聞いています。確か、第三王子とリーファの双子の弟だと聞きました。何でも、魔法具と魔法に興味があるとか。会うのがとても楽しみですの。その方面で議論を交わせられる方はなかなかいませんから。

あと、この学園がコンフォート皇国に属して変わったことが一つあります。

実は早速、学園長にお願いして一クラス増やしましたの。あくまで仮、テストケース用に。

学院の生徒専用クラスですわ。例の必須科目用のためのクラスですね。

初めから上手くいくとは思わないので、彼ら専用に特別カリキュラムを組みましたの。だって、学園のカリキュラムでは……正直、問題がいろいろ出てくると思いますの。恥ずかしい話ですけど。

とはいえ、新しいカリキュラムなので、不都合も出てくるでしょう。それはおいおい調整しなければなりませんね。道のりは厳しく遠いでしょうけど。

あくまでテストケースなので、五人程の少数で。成績も、学院内ではトップレベルの生徒を選びました。

本当に大変でしたわ。ずっと駆けずり回っていましたもの。何とか新学期までに間に合いました。

おかげで、お父様からとんでもないモノを授りましたが……何とかなるでしょう。私には力強い味方がたくさんいますからね。

そんな私にとって親友であるリーファとのお茶の時間は、とても大事で大切な心休まる時間です。

心から楽しんでおりましたのに、招待もしていない方が来られましたわ。

その方はいきなり目の前に現れて、挨拶もなしに私を一方的に怒鳴り付けました。

一方的な台詞に、思わず訊き返してしまいましたわ。

「……エドガー先生。何を仰ってるのですか？」

もう一回言ってくださいませ。

「君のせいでマリアナ嬢が倒れてしまったんだ。代わりに君が生徒会の仕事をするのは当然だろう」

不快感丸出しで、さも当然のように仰います。どこが当然なんでしょう。全く理解できませんわ。

「……私のせいですか？」

私の大切な時間を邪魔したのです。当然、その声は低くなりますわ。にしても、あまり人気がない場所で幸いでした。特にこの時期にこれ以上悪目立ちしたくありませんもの。

「そうだ。君のせいだろう。君とウィリアム元殿下たちが騒ぎを起こしたせいで、マリアナ嬢が心労で倒れてしまったんだ。お可哀想に……」

エドガー先生はとても悲痛な表情です。まるで最愛の恋人が傷付いたかのように。

リーファから聞いて知ってはいましたが、ありえませんわ……。相手は婚約者がいる方です。それも、お相手はアルベルト王太子殿下。もうすぐ、国王陛下になられる方です。不敬罪で訴えられますよ。学園内でなければ、すでに連行されてますね。

「お可哀想に、ですか……」

我ながらとてもとても低く冷たい声が出ましたわ。エドガー先生が思わず引くくらいに。

未来の王太子妃であるマリアナ様が心労で倒れられたこと、それは知りませんでしたわ。倒れる要因はいろいろ思い付きますけどね。事後処理と国の運営に奔走し、頭を悩ませているのでしょう。

周辺諸国の風当たりも強いでしょう。辛(かろ)うじて、同盟の破棄は撤回しましたが、魔の森に接していない以上、同盟の意味はありません。言わば名ばかりの同盟ですね。

それはセフィーロ王国でも同じです。

国王陛下と王妃殿下は北の塔に幽閉させ、宰相様は引退し領地に蟄居(ちっきょ)。

各国からの風当たりが強い中、国を実質上動かしているのは、アルベルト王太子殿下とマリアナ様ですからね。そのプレッシャーは並大抵ではないでしょう。

でもそれが、私のせいだと言われるのは心外ですわ。とてもね。

「……この学園の先生方は、とても優秀だと感心していましたが、例外って、どこにもいるのですね」

以前も同じようなことを言われましたが、今回は前よりも酷(ひど)いですわ。

「例外とは何だ!!」

食ってかかってこられても、ほかに表現の仕様がありませんわ。それよりもエドガー先生、せっかくの息抜きの時間を台なしにしてくれた落とし前はどう付けてくださるつもりかしら。

思いのほか大きな声のエドガー先生に、生徒たちが遠巻きに私たちを窺(うかが)っておりますわ。目立つことを避けていましたのに、全てにおいて台なしですわ。そのことに関しても、しっかりと落とし前を付けてもらいますわよ。

「エドガー先生。……先生は、私とウィリアム元殿下が騒ぎを起こしたせいでマリアナ様が倒れたから、私に生徒会の仕事をしろと仰るのですね」

少し大き目な声で答えましたわ。生徒たちが私たちの会話を聞いているのが、わかっていましたからね。

気付いてます？　エドガー先生。生徒たちの冷たい視線を。ヒソヒソ話にされていることを。同時に、教師としての評価がガタガタと音をたてて崩れていくのを。

「そうだ。倒れるまでマリアナ嬢を追い込んだんだ。その責任をとるべきだろう」

追い込んだ責任ですか……

あまりにもおかしなことを言われて、笑みが浮かびますわ。恋は盲目だと、以前リーファが言ってましたが、本当にそうなんですね。

「何がおかしい!!」

笑みを浮かべた私に、エドガー先生はさらに激高します。

「おかしくはありませんか？　被害者である私が、加害者側にいる方の責任をとらなければならないなんて。私が言ってることは間違ってるかしら？　リーファ」

一応、訊いておきましょう。

「間違ってないわよ。思いっきり正論ね」

肩を竦めながらリーファは答えます。私たちを窺っている生徒たちも頷いています。

「何が加害者だ。マリアナ嬢は悪くないだろ!! 悪いのは義弟だ。義弟のしでかしたことに巻き込まれたに過ぎん」

ほんとに何を言ってるんでしょう、この人は。エドガー先生のあまりの言動の酷さに溜め息しか出てきませんわ。

「マリアナ様が巻き込まれたに過ぎないのなら、私こそそうです。ほんと、いい加減にしてほしいですわ。自分が、どれほど支離滅裂なことを言ってるのか、気付いていないんですか。マリアナ様は加害者側ですよ。何故、コニック領が我が皇国の領地になったのか、当然知っておりますわよね。そこまでの問題を起こしておいて、血は繋がらないとはいえ、正式に養子として迎えた公爵家に咎めがないと思うのですか。マリアナ様は次期王妃になられる御方です。宰相様が宰相職を退き、蟄居されたのは当然のこと、結果、マリアナ様が背負わなければならないものが増えた。ただ、それだけのこと。私には一切責任などありませんわ」

元と言ってもいいでしょう。元国王、元王妃殿下も北の塔に幽閉されたと聞きましたわ。後宮ではなく、王族の罪人を幽閉する北の塔だと。

元国王、元王妃殿下の件といい、アルベルト王太子殿下にとってそれが精一杯だったのでしょう。私から見れば、とても甘い裁断だったと思いますが、他国のこと、口を挟むわけにはいきませんわ。なのでせめて、その甘い判断が足を引っ張らないことを祈るだけです。

「一切責任ないだと」

まるで、肉親の仇を見るような憎々しげな目で睨まれます。吐き出される声音は、生徒に向けるものではありませんでした。

「責任も関係もありませんわ。私はこれでも忙しい身です。生徒会に関わる時間はありませんわ」

きっぱりと否定します。それに、言葉の綾でもなく本当に忙しいのです。

「お茶を飲む時間はあっても、同じ学園の仲間を助ける時間はないということか」

言い方を変えてきましたね。底意地の悪い言い方ですわ。エドガー先生の人柄がわかります。

「ありませんね。今の私には、この学園の生徒であると同時に、このコニック領の領主でもありますから。領地経営に魔物の討伐、学園の理事。その上、生徒会ですか……正直、無理ですわね」

何故、驚いているんですか？　コニック領はコンフォート皇国の領地ですよ。グリフィード王国の人間が領主で居続けるわけにはいきませんでしょ。もっとも、今までコニック領を統べていた前領主の一族は、丸々コンフォート皇国に来ていただきましたけど。

「へぇ～セリアが領主になったんだ」

リーファが訊いてきました。

実は、そのことをお茶会で話すつもりでした。まさかこのような形で、話すことになるとは思いもしませんでしたわ。

「なかば強引にね。学園のことで走り回ってたら、押し付けられましたわ」

肩を竦めます。

「なっ!!　何を――」

でまかせを、と続けたいのでしょうね。それを認めたら、ご自身の立場はこの場から消え去るもの。

「そこまでにしなさい。エドガー先生」

エドガー先生が最後まで言い終えないうちに、厳しい声が彼の言葉を遮りました。

どうやら、引導を渡すのは私ではないようですね。

静かですが、怒りを含んだ声にエドガー先生は振り返ります。途端、面白いほど真っ青になりましたわ。

「これは、学園長」

騒ぎを聞き、わざわざ駆け付けてきてくれたのでしょう。

「セリア皇女殿下。我が学園の教師がご迷惑をおかけし、申し訳ありませんでした」

学園長は深々と頭を下げます。

「頭をお上げください、学園長。今の私は学生の身。頭を下げる必要はありませんわ」

そう告げると、学園長は頭をお上げになられました。そして、エドガー先生に視線を向けます。

その目は鋭く厳しいものでした。当然ですわ。

「エドガー先生」

学園長は静かに語り掛けます。あくまで表面上は。

「は、はいっ」

途端にしどろもどろになるエドガー先生。さっきまでの威勢はどこにいきました？

「そもそも、生徒会が機能しなくなった原因は、ウィリアム元殿下と生徒会役員、そしてウィリアム元殿下の親衛隊を諫(いさ)めることができなかったことにあるのでは。だとすれば、責任はエドガー先生、君にある。当然、マリアナ嬢が倒れた原因の一端もな。その責任を無関係な生徒に擦り付けようなど、教育者として失格だといえよう。よって、君の生徒会顧問の任を解き、現時点をもって解雇とする。好きなところに行きたまえ」

まぁ、当然の処置ですわね。

その場に崩れ落ち座り込むエドガー先生に、同情の余地は全くありません。

放心状態のエドガー元先生はそのまま引きずられ、外に放り出されたそうです。

再就職先を見付けるのにこれから大変ですわね。

コンフォートとセフィーロはまず無理ね。そうとなれば、グリフィードですか。……でも、この学園に在籍している生徒は、果たして放っておくでしょうか。当然話すでしょうね。婚約者がいる女子生徒に横恋慕する危ない教師だと。

再就職先、無事見付かることを祈ってますわ。エドガー元先生。

前日にちょっとしたトラブルがありましたが、無事新学期を迎えることができました。

領主としてのスピーチは緊張しましたけどね。

これで生徒たちも、この領地がコンフォート皇国の領土になったことを再認識したでしょう。

私が学園の理事をしていることも公になってしまいましたが、特に表面上は何も変わらないようなのでひと安心しましたわ。本当にこの学園の生徒は優秀です。

これが学院なら、間違いなく媚び諂う人間が大勢現れるでしょうね。残念ですが我が国ながら評価は最悪ですの。

それはさておき、そもそも、学園に通う生徒が理事を務めるのはどうかと考えたのですが、領主になった以上引き受けなければなりません。

元々、領主になるつもりはありませんでしたわ。面倒ですもの。しかし直轄領になった以上、皇族が責任者にならないといけません。お父様にじきじきに申し付けられれば、引き受けるしかありませんよね。はぁ～。

幸い、元コニック領主は話がわかる方でしたので、手間は掛かりませんでしたわ。あくまで表面上かもしれません。内心いろいろ、ご不満はおありでしょう。多くのものが、まだまだ燻(くすぶ)っていますわ。

なので、こちら側も念のために手は打っておくことにしましたわ。ほんと、やることが多いですね。その上、生徒会までなんて無理に決まってるでしょ。

「それで、エドガー元先生はどうしてます？」

書類を受け取りながら執事のスミスに尋ねます。この時期に、いらぬ火種は撒(ま)きたくありませんから。

「酒場に入り浸っていますね。あちこちで、セリア様の悪口を喚(わめ)いております。どうなさいますか？」

私の悪口をね……懲りない方だこと。

「そうね。しばらく監視を付けたままで放置でいいかしら」

「畏(かしこ)まりました」

書類を読みながら指示を出します。この書類に目を通せば休憩にしましょう。リーファたちをお待たせしてますからね。

今は授業中です。一応、出席日数のためだけに通学しているので、朝のホームルームが終われば、何をしても構いません。座学の単位は全て取ってますからね。

なので、この時間を領地経営にさいていますの。

魔法具の研究のために使っている部屋を、そのまま使用していますわ。学園側から特別に部屋を用意すると言われましたが、別にここでも十分なのでお断りしましたわ。特別扱いは不要です。それにここなら、気分転換に魔法具製作に逃げられますからね。

「……あのさ……そんな話、私たちの前でしていいの？」

戸惑い、何て言ったらいいかわからない微妙な表情をしながらリーファが訊いてきます。

リーファの隣に座る、親友によく似た弟君レイファ様も、向かいに座る第三王子ユリウス殿下も、親友と同じような表情をしています。

どうしてかしら？　何かおかしなことを口にしました？　気になったので訊いてみます。

「駄目ですの？」

「駄目っていうか……私たち他国の人間じゃない」

あ〜そういうことですか。納得いきましたわ。

「別に構いませんわ。見られたり、聞かれたりして困ることがあれば、そもそもここにリーファたちを入れたりしませんわ」

「まぁ、セリアが構わないのなら、別にいいんだけど……」

どこか納得してない様子ですね。そういう真面目なところが、リーファのいいところなのですわ。

だからかしら。少しだけ、いたずら心が湧きました。

「リーファたちが私の敵になるんなら、話は別ですけどね」

にっこりと微笑み少しおどけながら言います。途端にリーファは焦りだしましたわ。

「敵になんかならないわよ」

そんなに必死で否定しなくても。もしかして、冗談が通じてない？　だったら、訂正しないと。

「……リーファが敵になるなんて、これっぽっちも思ってもいませんわ。冗談でしたのに」

「わかるわけないじゃない!!」

怒られてしまいましたわ。

そんな私とリーファのやり取りを、驚いた目でレイファ様とユリウス殿下が見ています。

「あと数分お待ちください。もうすぐ読み終えますわ」

お待たせして悪いと思うのですが、この書類だけは、今目を通しておかないといけませんの。

「こちらこそ、無理を言ったんだ。気にしないでくれ。それよりも、この魔法具に触ってもいいだろうか？」

魔法具好きのユリウス殿下が答えます。どうやら、本心のようですわね。これがあの屑(くず)元王子なら、絶対嫌味の一つでも言ってくるでしょうね。

「ええ。構いませんよ。ただ、魔力は流さないでください。まだ製作途中なので」

壊れたら困りますし、万が一にでも怪我をしようものなら国際問題になりますからね。

「わかった」

嬉しそうに魔法具に手を伸ばすユリウス殿下。

本当に魔法具が好きなんですね。触りながらぶつぶつと呟いておりますもの。とても楽しそうですわ。

さて、今日の分の書類は読み終えました。これから休憩時間です。思いっ切り、魔法具と魔法談義に花を咲かせましょう。楽しみですわ。

「――なら、ここを強化すれば、耐久性が上がるのでは？」

私が提案したのはネジの強化でした。

自然とユリウス殿下の隣に座り、製作途中の魔法具を見せてもらってます。ユリウス殿下は魔法具の耐久性を上げたいそう。数回で壊れては採算が取れませんものね。わかりますわ。性能と耐久、どちらも、不可欠ですもの。それに、同じ製作者として相談されてとても嬉しいですわ。

思うのですが、他の人が作った魔法具を見るのはとても勉強になりますわ。特に製作過程を見るといろんなことを気付かされます。

「ネジの強化か……。しかし、ネジの強化だけでは、かえって本体が脆くなりそうな気がするんだが……」

ごもっともな意見です。ネジを打ち込む材質が弱ければ、本体に負荷が掛かります。その分脆くなりますわ。

「はい。ユリウス殿下の言う通りです。ネジの強化だけでは駄目ですわ。ネジと本体が接している面も同時に強化しなければいけません」

理論上では私が申したことは理解できるでしょう。だが、それを実行するとなれば、かなり難しいと思います。ユリウス殿下も煩悶されています。

私は製作途中の魔法具を手に取り解体しました。口で説明するより早いですから。

「ご覧ください、ユリウス殿下」

カパッと半分に割って中を見せます。

「なるほど、そうか!!　器を二つ作ればいいのか!!」

正解です。さすが理解が早いですわ。お顔の表情が瞬時に明るくなります。それを見ると、私も嬉しくなりますわ。

「はい。小さい方の器自体をネジと同様に強化すれば問題は解決しますわ。大きい方は多少の衝撃に耐えられればいいのですから、通常通りでよろしいのでは」

部分が難しければ、全部強化すればいいのです。

「ありがとう!!　セリア皇女殿下」

「セリアで構いませんわ」

「ならば、私のことはユリウスと呼んでくれ」

「わかりましたわ。ユリウス様」

「ユリウスでいいぞ」

「それはいけませんわ」

家族でも婚約者でもない男性のことを呼び捨てなどできませんわ。それに、この距離もいけません、近過ぎです。ユリウス様。

「残念。ぜひセリアには、私の名前を呼び捨てにしてほしいな。何なら、愛称でもいいぞ」

手を握られて、そうお願いされましたわ。けど、なおさらいけませんわ。婚約者でもないのに。

それにしても、この状況はどうしたことでしょう。ましてや、何て返答すればよいのでしょうか。困りましたわ。だって、同年代の男性の方と話す機会など、多くありませんでしたもの。

「そこまでよ。ユリウス殿下」

「そこまでにしていただけませんか。ユリウス殿下」

「ユリウス。抜け駆けはずるいぞ」

リーファとスミスはわかります。だけど、最後のレイファ様の台詞（せりふ）はどういう意味でしょう。

ユリウス様、できれば、手を放してほしいのですが。

「いつまで握ってるのよ。ユリウス」

リーファがユリウス様の頭を叩きます。

……いいのかしら。結構、いい音がしましたが。それに殿下が抜けてますわよ、リーファ。

そういえば、従兄弟（いとこ）で幼馴染って言ってましたから、本来はその呼び方なのでしょう。それに叩かれたユリウス様は怒っていませんわ。本当に、仲がよろしくて羨（うらや）ましいですわ。

「どうしたのよ、セリア。笑みを浮かべて」

ちょっと拗ねたような表情をするリーファに、笑みが深まります。

「仲がいいですね、リーファとユリウス様は」

そう言った途端、リーファとユリウス様は慌てだします。

「ただの腐れ縁よ」

「その通りだ。兄妹のような関係だ」

二人とも必死で否定します。

「何もそんなに慌てなくても。慌てるとかえって怪しいですわ。別にそうだとしても、隠す必要はありませんよ」

安心させるように、にっこりと笑いながら答えます。

途端に、苦虫を噛み殺したような渋い表情をするリーファに、大きく項垂れるユリウス様。そして、何故か満面な笑みを浮かべているレイファ様。

三者三様の反応に、思わず首を傾げてしまいましたわ。

そんな私を見て、スミスはやけに優しい目で私を見ています。隅に控えている侍女たちもです。

あの～誰か説明してくれませんか。

その日の放課後でした。

思い掛けない人が私を訪ねてきました。

「……本当に申し訳ありませんでした」

なかば執務室化した魔法具製作室を訪れたマリアナ様が、深々と頭を下げて謝ります。

別にわざわざ謝りにこられなくてもよかったのに、と思いましたが、さすがに口にしませんでしたわ。できなかったと言った方が正確ですわね。謁見の間で会った時より、儚なげさが増してましたから。

こういう儚さと健気さが男性を惹き付けるのかしら。どちらも、私は残念ながら持っていませんわ。

でも、この儚さに少しだけですが違和感を覚えました。何でしょう。この感じは……

それにしても、これから先特に大変なのに、今からこの様子では……果たしてグリフィード王国を立て直せるのでしょうか？　ふと、心配になりましたわ。まぁ、もう私には関係ありませんが。

少し話がそれましたが、当然謝りにこられた内容はエドガー元先生のことでしょう。うんざりですわ。いい加減、もう終わりにしたいのですが、なかなかそうはいかないようですね。

「どうぞ、マリアナ様。お座りください。マリアナ様が謝ることではありませんわ。悪いのはエドガー元先生ですわ。生徒に対し、逸脱した感情を抱いたのですから」

「……まさか、エドガー先生がそんな感情を抱いていらっしゃったとは思いませんでした」

「そうでしょうね……」

思わず、本当ですか？　と訊きたくなりましたが、黙っておきます。

ポツリと呟くその姿は、本当に儚げで、以前の意志の強さは完全に消えていましたわ。病み上がりのせいかもしれませんが、私が覚えた違和感はきっとそれですね。

「生徒会の件ですが、退くことにしました。王太子妃、いえ、グリフィード王国の王妃としてやるべきことがありますので」

時期としては少し遅いと思いますが、潮時ですわね。生徒会の仕事を無理してする必要はありません。それよりも、今力を入れるべきは王妃としての仕事でしょう。今の健康状態と精神状態でこなせるかははなはだ疑問ですけど。義弟と父親である宰相様の件が、余程応えたようですわね。

まぁ、グリフィード王国が立ちいかなくなったところで、こちら側には対して影響はありませんから構いません。かえってコンフォート皇国にとってはメリットかもしれませんし。我ながらこのようなことを考えてしまうのもどうかと思いますが、これればかりは性分なので仕方ありませんわね。

「それが一番だと思いますわ。生徒会の代わりはいても、王妃の代わりはいませんから」

「……そうですね」

マリアナ様はそう答えて、自分の部屋に戻られました。

その背中が寂しそうに感じたのは私だけかもしれません。

マリアナ様が学園に休学届けを出したのは、その翌日でした。退学ではなかったのが、まだ救いでしょうか……

さて、これで、学園内でのエドガー元先生関連の問題は解決しましたわ。この件に関して、煩わしい思いを抱くことはないでしょう。あくまで、学園内ですけどね。

彼を監視している影からの報告だと相変わらず、酒場を転々として私の悪口を吹聴しているようですわ。

それが、ただたんに落ちぶれた男の成れの果てか、それとも、その言動の裏に何かあるのか。

もしかしたら、彼を餌にして何か釣れるかもと期待したのですが、完全に当てが外れましたね。
となると、これ以上の放置は得策ではありません。

報告書を読みながら考えます。

彼の言動を真に受けなくても、私に対する不信感を煽る結果になっていますからね。特に砦で働く兵士たちの。

元コニック領主への信頼度、忠誠度がそもそも異常に高いのです。それだけできた人物だった、それは私も認めます。だからこそ、我が国にスカウトしたのです。

兵士たちにしたら、いきなり現れた小娘が元コニック領主の座を奪い、尊敬する彼を自分の配下にしたのです。気に食わなくて当たり前ですわ。

エドガー元先生を排除するのは簡単ですが、もしそうすれば、彼の言動が正しいと思われかねません。なので、ヘタに排除できませんの。厄介ですわね。それを見越して暴言を吐いていたのなら、なかなか強かですわね。

とはいえ、このままにしておけないのも事実。

ならば、やるべきことは一つ、噂を上書きすればいいのです。

「スミス。明日、第三砦に向かいます。事前の連絡は必要ありませんわ」

いわゆる、抜き打ち訪問というものですわね。

「畏まりました。リーファ様たちはどういたします？」

「そうですね……。先日、レイファ様たちと魔の森に行く約束をしましたし、誘いましょう」

久し振りの魔物討伐です。まぁその前に、やらなければならないことがありますけどね。

「それがよろしいですね」

スミスの言葉を聞きながら、私はにっこりと笑みを浮かべます。さて、残りの仕事をさっさと終わらせましょうか。


本日は晴天なり。

魔物討伐と第三砦（とりで）抜き打ち訪問にはもってこいのお天気です。

報告書にいろいろ問題点が記載されていましたが、やはり、自分の目で確認、解決しないといけませんよね。というわけで、リーファたちも誘ってやってきました。

到着したのですが……こういうのって、普通物陰とかでするものじゃないんですか？

着いた早々、門のところで兵士二人が騒いでいました。辞める、いや辞めるなと。

何してるんですか？　今、休憩時間ですか？　勤務時間中なら、その分給料から引きますよ。

しばらく、他の兵士やハンターたちと一緒に足を止めて聞いていたのですが、途中でつい口を挟んでしまいましたわ。

「辞めていただいて構いませんよ」

突然割って入った声に、言い争っていた兵士たちが顔を上げ、声がした方を向きます。

仕方ありません。前に出ましたわ。

声を上げたのが学生服を着た女だとわかり、当然その眉は訝（いぶか）しげに歪（ゆが）みます。その様子を無視して、辞めると騒いでいた兵士に視線を向けたまま、もう一度同じ台詞を繰り返しました。

「そんなに、この砦で働くのが嫌なら、辞めていただいて構いませんわ。今日までの日当はきちんとお支払いするので、これを持ってハンターギルドまで行ってくださいませ」

　用意していた用紙を侍女から受け取り渡します。突然突き出された用紙を反射的に受け取る兵士。

私は彼らに向かってにっこりと微笑むと、困惑したままの兵士を無視してそのまま魔の森に向かおうとしました。

「おい」

　紙を渡した兵士に呼び止められましたわ。

「まだ何か？」

「これはどういう意味だ？」

「書いてある通りですが。何か、不備な点でもございましたか？」

「違う!!　そうじゃない。どうして、俺が辞めさせられなきゃいけないんだ!!　そもそも、お前はいったい何者だ!?」

　おかしなことを言いますね。何者って……

「辞めたいと、散々ごねられていたではありませんか。それに、仕事を放棄されていたようですし。それ程嫌ならば、そうなされればよいでしょう。私が何者かは、一番下の私のサインを見ればわかると思いますわ」

　辞めたいとごねるのは、まだ許しましょう。聞いていて気持ちいいものではありませんが人間です、いろいろ不満はあるでしょう。爆発することもあるでしょう。それを規制するつもりはありませんわ。

だけど、仕事を放棄することは許しません、絶対に。

第三砦の兵士の数人が仕事を放棄し、魔の森に潜っていないことは、報告書を読んで前から知っていました。

この砦は、特に前コニック領主との親交が厚かったところなので、こういう反応が返ってくることは重々承知していましたわ。だから、しばらく反応を窺っていたのですが、なかなか良くなりませんし、かえって酷くなる有様。というわけで、魔の森に潜る前に解決しようと足を運んだのです。

真っ青になったのは、解雇を告げられた男を必死で止めようとしていた同僚でした。

「おい!!　今すぐコンフォート様に謝れ!!」

同僚の男が乱暴に仲間を私の前に跪かせて、頭を下げさせます。それが、いったい何になるのでしょう。

「悪いですが、この件に関しては取り下げるつもりは毛頭ありません」

そのまま兵士の脇を抜け討伐に行こうとする私たちの背に覆い被さるように、男の怒鳴り声が呼び止めます。

「すみません。こいつは頑固なだけなんです!!　根は良い奴なんです。前領主様を慕っていただけで——」

同僚は必死で頼み込みます。しかし、肝心の兵士は不貞腐れたようにそっぽを向いたままです。

本当、呆れますね。まるで子供のようですわ。私より年齢上でしょう。

「だから、許せと？　貴方は私に同じことを二回も言わせるのですか。私は取り下げる気はないと言いましたが」

「……やっぱり、あの教師の言う通りだな!!　気に食わないと、権力にものをいわせて辞めさせる。最低な奴だ!!　お前なんか、俺は認めない!!」

紙を握りしめたまま兵士が叫び、そうだ、そうだと野次が飛びます。

全然平気ですわ。言いたいことはそれだけですか。

「別に、貴方に認めてもらわなくても構いませんが」

にっこりと微笑みながら答えると、元兵士は黙り込みました。反対に野次は激しくなります。

その時、ナイスなタイミングでリーファが訊いてきます。

「……セリア。教師って、あのロリコン教師のこと？」

「ロリコンって……まぁ、女子生徒に対し、よからぬ感情を抱いていたのだから、ロリコンと言えますわね」

兵士たちが唖然としています。いつしか、野次はやんでいました。

「リーファ。それって、学園長に解雇された先生のこと？」

レイファ様も乗ってきます。

「そうよ。少し前だったかな。ウィリアム元殿下と取り巻きたちが謹慎や停学になってね、生徒会の仕事が全くできなくなったことがあったのよ。それで、困ったマリアナ様がロリコン教師と一緒に来てね、生徒会の仕事を手伝ってくれないかって頼んできたのよ。でも、それ以上に忙しかったセリアは断ったの。それからよ、セリアのことを目の仇のように見るようになったのは」

リーファ、細かい説明ありがとうございます。おかげで誰も口を挟むことができないようですわ。

「はぁ～それって、完全に逆恨みだろ」

ユリウス殿下も加わります。

「まぁ、そうですわね」

苦笑しながら答えました。

「でさぁ、聞いてよ。ユリウス、レイファ。この前、ロリコン教師の意中の相手が体調崩して倒れたの。で、ロリコン教師どうしたと思う？」

「セリアに再度頼みにきたのか？」

「それしか考えられないよな……」

ユリウス殿下とレイファが畳み掛けます。

「そう。でも、セリアって、領主や理事の仕事をしてるじゃない。魔物討伐にも参加してるし。忙しいから断ったら、またロリコン教師逆ギレしちゃってさ、怒鳴る怒鳴る。その時、ちょうど学園長が通り掛かって、あまりの態度の酷さに解雇されたってわけ」

その時のことを思い出したのか、リーファは不快感と怒りで口調が少し乱暴になっています。信憑性増しますね。

でもこれで、噂に上書きができたでしょう。観客は大勢いますしね。

酒場で私の悪口を吹聴している男が、実は危ないロリコン教師だとはっきりしました。

「そこまで酷かったら、解雇されて当然だな」

ごもっともです。レイファ様。遅過ぎたぐらいですわ。

「だったら、セリアは被害者じゃないか」

ユリウス殿下の言葉に、完全に元兵士と同僚は固まってしまいましたわ。

元兵士さん。最低な奴だと罵った相手が被害者だと知って、どんな気分かしら。まぁそのことについて、追及するつもりはありませんわ。だけど、私が貴方を辞めさせた理由の一端に、エドガー元先生が関わってると思われるのは嫌なので、はっきりと解雇の理由を告げさせてもらいますわ。

「エドガー元先生のことは、もうどうでもよいですわ。私が貴方を解雇した理由は別にあります」

そう静かに告げると、元兵士と同僚は私をジッと凝視しました。足を止めて聞いていた観客たちもです。

さぁ、ここからは私が主役ですわ。よろしくて？　ここからは、私のターンですね。

元兵士と同僚、そしてたまたまここを訪れたハンターと一般市民の方々。全員、私に視線を向けたままです。リーファたちも。

では、始めましょう。

私は彼らの視線をしっかりと受け止めてから、口を開きました。

「まず初めに、これだけは言っておきます」

そう前置きをしてから、私は続けます。

「前領主であるラング様は、領主としてとても秀でた人物だと思います」

これだけは、どうしても言っておきたかったのです。

まさか私の口から、前領主を認める発言が出るとは思っていなかったのか、皆、驚いていますわ。心外です。そんなに心が狭く見えましたか。訊(き)きたくなりましたが、今はやめておきましょう。話が進みませんから。

「尊敬に値する方だと心から思います。見倣(みなら)うべき方ですわ。だって、領民からの信望がとても厚いでしょ。その証拠に、領民たちは笑って生活している。それだけでも、ラング様が良い領主だったとわかります。故に、ぽっと出てきた私が、ラング様の地位を奪ったことに対して、皆が不満と不信感、そして、反発心を抱くのは当然だと思います。特にこの第三砦(とりで)は、ラング様と縁がある場所です。多くの兵士たちがラング様を慕っているのでしょう。貴方たちのようにね」

ここで一旦、言葉を切ります。

「その感情を否定する気はありませんわ。当然、私に対して不平不満を口にすることもあるでしょう。感情を爆発させることもあるでしょう。感情を持った人間ですもの、仕方ありませんわ。そのことを咎(とが)める気も、罰を与える気もありません」

そんなことをすれば、新たな火種になりますからね。抑え込めないものを無理に抑え込む必要はありません。こういうのは、適度に発散させればいいのです。

そうはっきり私が告げると、元兵士と同僚はさらに驚いた表情をしました。それは、観客の皆様も同じでした。

私と視線が合うと、元兵士と同僚はさっと視線を逸らせます。反応が素直ですね。元兵士はわかりますが、同僚の貴方も私の悪口を言っていたようですね。隠せていませんよ。仕方ありませんね、苦笑しか出ませんわ。怒ってはいませんよ、本当です。

しかし、ここからが本番です。

「私をどう罵ろうと構いません。だけど、仕事を放棄することだけは決して許しません。決してね」

自然と語尾が強くなります。

「……貴方たちも兵士なら知っているでしょう。この砦の重要さを。この砦が何のために建設されたのかを。ここを突破されたらどうなるか、兵士でなくても知っています。戦う術を持たない領民たちが、一番に魔物の犠牲になるのですよ」

かつてのコンフォート皇国のように――

コンフォートの民は知っています。

その当時のことを知る者は少なくなりましたが、それでも、民の間には今なお大きな傷となって残っているのです。

だからこそ、私が発する声はとても厳しくなりました。間違ったことを言ってはいないと思います。何か反論はありますか。

元兵士は下唇を噛み締め耐えています。やっと、己の過ちに気付けたようですね。兵士としては遅過ぎますが。

「兵士は砦を護ると同時に、魔物討伐も大事な仕事です。それを怠るとどうなるか、わかりますよね？」

魔物の大量発生と強化ですわ。一定のサイクルで来る、大量発生では起こらない強化が起こるのです。魔の森の瘴気の濃度が関係していると考えられています。

そう言葉を投げ掛けると、元兵士と同僚はしばらく間が空いた後、一言「はい」と答えます。その表情はとても険しいものでした。

「私は皇族であり、コニック領の領主でもあります。何より護らなければならないのは、民の命と生活。自分の命など、二の次です。民の生活を脅かした者を信用することはできません。当然、背中を預けられませんわ。それが、貴方を辞めさせる理由です。納得していただけたでしょうか？」

決して、エドガー元先生は関係ありません。

やがて小さなか細い声で、元兵士は「はい」と答えました。特に反論はないようですわね。納得していただけてよかったですわ。

ちなみに、辞めていただくのはこの兵士だけではありません。仕事を放棄した者全員のつもりです。代わりの人員の補充は、すでにハンターギルドに手配済みですわ。当然でしょう。

それじゃあ、問題も解決したようですし、魔物討伐に向かいますか。

◇◆◇

リーファが昼ご飯を誘いに、いつもと同じ時間に魔法具の製作室にやってきました。

「あれ？　新しい人が入ってる？」

ドアを開けた途端、リーファが私の隣にいた青年を見て声を上げます。

「今日から入ったクラン君ですわ。ラング様に頼まれましたの」

「ラング様って、元領主の？」

「ええ。クラン君、紹介するわ。彼女は、私の親友のリーファ・セフィロス。公爵令嬢よ。ここにもよく訪れるから覚えておいてくださいね」

そう紹介すると、一瞬、クラン君が戸惑いの表情を見せます。リーファがセフィーロ王国の人間って知っているのですね。なかなか優秀ですわ。さすが、ラング様の秘蔵っ子ですね。

「……畏まりました。私はクランと申します。ラング様の命により、本日からこちらでお世話になることになりました。至らぬ点が多々あると思いますが、よろしくお願いいたします」

クラン君はそう挨拶すると、深々とリーファに頭を下げます。

「私はリーファ・セフィロス。こちらこそよろしくね。で、どうして君呼びなの？」

普通、従者は呼び捨てですからね。

呼び方だけに反応したリーファにクラン君は驚き、またも戸惑っています。

でしょうね。ファーストネームを持たないということは、クラン君は平民であるのですから。でも、ここに平民だからと蔑む者はいませんわ。何もできないのに、貴族だと威張る者は蔑みますけどね。

「なんとなくですわ。特に理由はありません。そっちの方が何故かしっくりきたので」

そう答えると、リーファはクラン君をじろじろと観察した後、「そうね。忠犬って感じよね。君だわ」

と率直な感想を述べてくれましたわ。

「やっぱり、そうですよね。さすが私の親友だわ。私もそう思いましたの」

年下の小娘二人に君呼びされて、当のクラン君はおもしろくなさそうですけどね。だけど、変更はいたしませんわ。諦めてくださいね。

私とリーファに忠犬扱いされたクラン君ですけど、彼の主は私ではありません。当然、リーファもそのことには気付いているでしょうね。

クラン君が忠誠を誓っているのは、ラング様だけです。

クラン君は臆することなく、真っすぐな目で私とスミスに向かって、はっきりとそう述べましたわ。そのことについて咎(とが)める気も、私に忠誠を誓えと強制する気もありません。そもそも、そうはっきりと宣言したクラン君に、私は好感が持てましたわ。気に入りましたの。ですから、私の側近にしたいと思いました。クラン君にとっては、迷惑かもしれませんが。本人は戻る気満々ですからね。私は逃がす気はありませんわ。

「しばらくは、スミスの下に付けるつもりですわ。こちらの仕事を覚えてもらいたいですから」

似たようなことをラング様の元でしていたと聞きましたし、仕事を覚えるのは早そうですわ。ただ、相手はあのスミスですから合格点はなかなかもらえないでしょうけど。そこはクラン君の頑張りに掛かってますわ。頑張ってくださいね、クラン君。

「気に入ったのね」

リーファもですよね。

「ええ。ところで、今日はユリウス殿下とレイファ様は一緒ではないのですね」

この頃、よく一緒にいたのでそう思っただけですよ。特に意味はありませんわ。なのに、リーファったら、変なことを言い出しましたわ。

「ふ〜ん。セリアはユリウスやレイファと一緒の方が良かったんだ。私じゃなく」

まるで、私が彼らと一緒に食事がしたいように聞こえますわ。確かに、一緒に食事をするのは楽しいですけど、リーファの言い方は何か違うような気がします。

「誤解しないでくださいませ。最近、一緒に行動することが多かったから、そう申しただけですわ」

「そうよね〜。ずっと一緒に行動してたしね」

何故か、言葉に裏を感じますわ。

「魔法具と魔法談議が楽しかっただけですわ」

そう断言した私を、リーファは意味深な目をしながら微笑みます。

「リーファ」

「わかったわよ。これ以上はからかわないわ。怒らないで。久し振りに、女子だけでご飯食べよう。デザート奢るから」

リーファったらやっぱり、からかっていたのですね。デザートを奢ってくれるのなら許してあげましょう。

「……二個ね。それじゃあ、リーファとご飯食べに行ってくるから、クラン君も休憩していいわよ。スミス。後は頼みましたよ」

そう声を掛けてから部屋を出ていきます。「畏まりました」という声を聞きながら。

「……手紙？　お父様から？」

リーファと昼ご飯を楽しんだ後、戻ってくるなりスミスから渡されたのは一通の手紙でした。

それも魔鳩便（黒）ではなく、魔鳩便（白）の方です。もう一度言います。白（私用）の方です。黒（公用）でなく、白（私用）なんです。

「黒じゃなく白ですか……？」

さて、運動がてらに魔の森に行きますか。しばらく帰ってきませんから、後はよろしくお願いいたします。仕事は後でまとめてやりますから。三日ほど雲隠れしますね。

心の中でそう呟き、逃亡を図る私。

「そうはいきませんよ。セリア様」

背後からスミスの声が。

咄嗟に逃げようとしましたが、スミスは完全に私の考えを読んで先手を打っていましたの。長い付き合いだからできたことですわ。手紙が届いた時点、つまり、私がこの部屋に入った時点でアウトだったのです。

「嫌～離して、スミス」

泣き落としを仕掛けても、スミスは微動だにしません。

「逃げても仕方ないでしょう。いずれは読まなければならないんですよ。それとも、この部屋を破壊して逃げ出しますか？　そうなれば、少なくとも、クラン君は無事ではすみませんね。どうしますか？　セリア様」

　ここに悪魔がいますわ。悪魔にクラン君が人質に取られてしまいましたわ。初めから、勝てない勝負でした。できないってわかってて言うなんて、本当にこういう時のスミスって意地悪ですわ。

「破壊……」

　そう小さく呟くクラン君の声が聞こえてきました。

「心配しなくても、ここを破壊しませんから安心してください。クラン君」

　若干、顔色が悪いですね、クラン君。

「いえ……破壊するとは思っていませんので？」

　何故、疑問形ですか？

「破壊しませんよ」

「……破壊できるんですか？」

　微妙に会話が噛み合っていませんね。

「できますよ」

「できるんですね」

　どうして何度も訊いてくるのかしら。

「はい。この部屋は、元々魔法具の製作のためにあるので、何かが起きた場合に備えて念のため周囲には魔石による結界を常に展開しているのです。これだけなら、特に苦労もなく逃げ出せるのですが、スミスが魔石に魔力を流して強化したので、逃げ出すにはこの部屋を破壊するしか方法がないのです」

これで、おわかりになりましたか。

「いえ……私が言いたいのは、普通ならこの部屋に張られている結界を突破できませんし、そもそも、魔石に魔力を流して強化することもできません」

「そうなんですの？　これくらい、隊長クラスなら普通にできますよ。ね、スミス」

スミスは隊長クラス以上ですけどね。意見を求めるように、スミスに視線を向けます。

「あ～確かに、コンフォ伯爵家の皆様と皇帝陛下は普通にできますから、それが当たり前のように思われがちですが、まず、無理な方がほとんどですね」

苦笑しながらスミスが答えます。

「そうなんですの？　でも、S組の生徒ならできそうな気がしますけど」

「あと二回程、特別訓練をお受けになったらできるようになるでしょう」

「あ～アレですか……」

思い出すだけで気分はだだ下がりですわ。もはや、トラウマものですからね。そのトラウマものの訓練を、今元聖女様とルイスは受けているんですけどね。

トラウマまでとはいかなくても、お父様の手紙はそれに近いものがありますわ。特に白い方は。やっぱり……お父様からの手紙読まなきゃいけませんよね。

スミスが手紙を持って控えています。

「はぁ～」

思わず出てくる溜め息を隠そうともせず、私は手紙を受け取ります。読みたくありませんわ～。

「何故、そんなに家族からの手紙を嫌がるんですか？」

クラン君は不思議そうに訊いてきます。

まぁ確かに、白の方はプライベートで使われる方が多いですから、そう思われても仕方ありませんよね。ちなみに黒い方は仕事関係や、大事な書類や手紙に使用されています。あらかじめ、受け取る側の魔力を登録しておけば、どこにいようと届く仕組みですわ。

魔鳩便はかなり高価なものですが、大貴族や商人とかになるとマイ魔鳩を持っている方が多いですわ。当然、お父様も所有しております、黒も白も。

「誤解しないでくださいね、クラン君。特に家族仲は悪くはありませんよ。ただ、書かれている内容に問題がありそうなのです」

いいえ。問題しかありません。思い出すのを拒否する程です。

「師匠を紹介された時も、元婚約者との婚約が決まった時も白い方でしたわ……ハハ」

乾いた笑みしか出てきません。でもいつまでも逃げられませんよね。スミスがペーパーナイフを持って控えているもの。

渋々ですけど、私は意を決してナイフを受け取り、封を開けました。

「……大丈夫ですか？」

手紙を読み終え、固まったままの私を心配して、クラン君が声を掛けてくれます。優しいですね。

「大丈夫じゃないです。ほんと、このまま雲隠れしたい……」

精神がガリガリと削られ、もう瀕死状態です。一突きされたら確実に血を吐いて死にます。そこまで追い込まれました。

「皇帝陛下は何を仰っているのですか？」

さすがのスミスも、わずかに眉を顰め訊いてきます。これ以上のダメージを負いたくないので、手紙をそのままスミスに渡しました。クラン君が私を窺うように見たので軽く頷きます。彼もスミスの手元を覗き込み、並んで手紙を読んでいます。

「あ〜」

スミスが珍しく声を上げます。彼を知っている人なら、スミスの反応に驚いたはずです。わかってくれましたか、スミス。

クラン君はいまいちわかっていないようです。厄介事を吹っ掛けられたぐらいしか思っていないでしょうね。まぁ仕方ありませんわ。今日からですもの。それに、手紙だけではお父様の底意地の悪さは伝わりませんからね。なので、大袈裟だと思われたようです。……だったら、どんなによかったでしょう……

「……クラン君も、そのうち嫌という程わかりますわ。嫌という程にね」

脅しじゃないですよ、親切心です。というか、これしか言いようがありません。

「とりあえず、一つずつ問題を整理していきましょうか……」

これ以上、ここで打ちひしがれていても仕方ありませんから。

「一番目に書かれていることはどういたしますか？」

「まぁそれは、どうにかなるでしょう。一年間ありますし、決まらなければそれで構いませんわ。最悪、リム兄様がいますからね。義姉様に頑張ってもらいましょう」

「そうですね。では、次の――」

スミスが次に話を移そうとしたら、クラン君が口を挟んできました。

「ちょっと待ってください。ご自身の婚約のことを、そんなに簡単に済ませていいんですか!?」

そんな風に見えましたか？

「簡単に済ませていませんよ。まだ一年あるんです。それに候補者のことは皆知っていますし、特に問題があるでしょうか」

お父様が身上書や影、国の状況を考慮した上で選んだのは四人。

セフィーロ王国の第三王子ユリウス殿下。

同じく、セフィーロ王国筆頭公爵家次男レイファ様。

そして、コンフォート皇国コンフォ伯爵家長男アーク様と次男ルーク様。アーク隊長とルーク隊長のことです。

お父様はこの四人の中で一人選ぶようにと仰いました。まぁ、妥当な線ですよね。実はもう一人候補者がいたそうですけど、お父様が拒否したそうです。誰かは自ずと想像できますね。同封されていた書類を見れば。お父様、グッジョブです。

身上書は後でじっくり見るとして、問題は一緒に送られてきた学院の生徒の調査書です。

全部で七人。男性六人。女性一人。女性は元平民で男爵家の養女になられたのですね……予定よりは二人程多いですが、おおむね希望通りですわね。通常クラスの半数程ですが、今回は妥当な人数でしょう。あくまで、人数の面から見たらの話ですが。

学院の調査書は、パッと見る限りどの生徒も高評価でした。まぁそうでしょう。第一陣です。学院も優秀な生徒を送り込んでくるでしょうから。

その調査書が正しいかどうかは別ですが、そもそも、女性一人って普通ありえないでしょ。

現に、お父様が危惧していることについては一切記載がありませんでしたわ。学院が把握していないのか、あえて記載しなかったのか。どちらにしても、この調査書を全面的に信じるわけにはいかなくなりました。初めから信じてはいませんけど。

「……聖魔法と闇魔法。それに、無属性魔法ですか」

通常では考えられない取り合わせに、思わず声に出してしまいましたわ。

学院の調査書には、聖魔法しか記されていませんでした。しかしお父様の調査では、少なくとも闇魔法を扱えると記載されています。無属性魔法については、要確認とされていました。

つまり、無属性魔法に関しては、本当に扱えるのかどうか確認しろというわけです。私に。頭が痛いですわ。本当に、厄介事しか言ってきません。

それだけでも頭が痛いのに、その上、闇魔法も制御されていないらしく、垂れ流しの状態だとか。となると、学院の教師たちも影響を受けていると考えてよろしいですわね。まぁ、これだけ距離があけば影響はすぐに消えるでしょうけど。にしても、教師が掛かるとは……考えものですわ。

とするならば、第一陣の生徒のほとんどがすでに影響を受けている可能性大ですよね。無茶振りもいいところですわ。ましてや、その中に彼がいるとなると、今から気が重いですわ。

「闇魔法というのは、おそらく【魅了】のことでしょうね」

「そうでしょう。通常、【魅了】に関しては自覚していない場合が多いですから」

スミスの言葉に頷きます。

制御されない、垂れ流し状態となれば、【魅了】しか考えられませんわ。それに極端な男女の比率。異性への【魅了】以外ありますか。ないでしょ。

「でもそれって、子供の頃に気付くんじゃないんですか？」

今度はクラン君が質問してきます。

「それが、気付かれなかったらしいわね。信じられないけど。ただ……」

もう一度書類に目を落としてから続けます。

「無自覚で垂れ流しているのか、知っていて垂れ流しているのか……」

もし後者なら厄介ですわ。犯罪に近いですわね。

「知っていて垂れ流しているって、どういうことですか？」

「その言葉の通りよ、クラン君。自分に【魅了】の能力があるのを知りながら放置していた。あるいは利用していた。どちらにしても、人の精神に干渉する魔法を掛け続けることは犯罪に近いわ。無自覚だったとしても」

【魅了】はそれだけ危険な魔法なのです。

「セリア様は無自覚ではないとお考えで」

スミスの言葉に再度頷きます。

「まだはっきりとはしていませんが、調査書が食い違っていることから、念頭においていた方がいいでしょう。無属性魔法については、おいおいに。まず対処しなければならないのは【魅了】ですわ。精神防御の魔法具、何個か持ってきていたわよね、スミス」

「はい」

心強い返事ですわ。

「高位貴族から順に配布を。足りなければ、至急用意します。私はこれから、この書類を持って学園長に会ってきます」

学院の生徒が学園に来るのは、早くて二週間後。その間に対策を考えて対処しておかないと、大変なことになりますわ。

走り回ってて、ふと……思ったのですが、私、この学園に進学して、座学の授業を受けたのは数える程しかありませんわ。

学園って、勉強するところですよね……

この二週間、できる限りの手は打ちましたわ。

魔法のエキスパートでもある学園長の意見を大いに取り入れながら、寝る間を惜しんで頑張りました。

さぁ～いつでも、どんと来いですわ!!

まず初めに、新設したクラスをF組と命名しました。

実力的にもちょうどいいでしょう。

座学の成績がそこそこ良くても、実技の成績が悪ければ上のクラスにはいけません。学院のようにはいきませんわ。

実際は、それ以前の話でしたけど。

まさか、ハンターの資格すら持っていない方が過半数を超えているなんて。ここまで質が低下していたなんて悪夢ですわ。

持っていても、Eランクが最高だと知って愕然(がくぜん)としました。Eランクなんて話になりませんわ。だって、Eランクですよ。薬草を収集するのが主な仕事です。魔物討伐なんてできるはずないじゃないですか。

まったく……Dクラスの下のFクラスでも仕方ありませんわ。むしろ当然です。これで、おわかりになったでしょう。いかに学院が実技を蔑(ないがし)ろにしていたのかを。貴族には必要ないとさえ考えていたようですね。ほんと、嘆かわしいことですわ。

この機をもって、皇国の護り神であるコンフォ伯爵家の認識を改めてもらいますわ。

編入期間は三か月。

その間、座学の復習とテスト。それから、全員にハンター資格をとってもらいます。すでに持っている人は、最低Cランクまでランクアップしてもらいます。できなければ単位は取れません。一年やり直しですね。なんせ、必須ですから。

そうそう。座学がどれくらいできるか知るために、まず初日に編入テストを受けてもらわないといけませんね。

そのテストで余程良い成績を叩き出せば、クラスのランクは上がるかもしれません。この学園は実力主義をモットーにしてますからね。特別はありませんわ。だから、特に秀でてる者がいれば、その実力に応じたクラスに編入する可能性もあります。秀でていればですけどね。まぁ、まず無理でしょう。

このクラスを担当する先生は魔法耐性が特に高い方々を用意しました。当然、全員に精神防御の魔法具も用意しましたわ。これを装備している限り、【魅了】に掛かることはないでしょう。

それから、生徒の中でも特に高位貴族の方々には、念のために魔法具を配布しました。着けるか着けないかは本人次第ですが。

そうそう、ユリウス殿下やレイファ様はすでに装着済みでしたわ。もちろん、リーファも。さすがというか、ある意味当然といえますね。同盟国とはいえ、他国に留学しているのですから。

それから、精神防御の魔法具プラス、例のアレを構内の至るところに仕掛けました。プライベートより、学園の治安維持の方が大事ですから。一人になった時に、いろいろとボロが出てくるでしょうし、何かあった時の保険ですわ。いかに映像と音声が大事かは勉強済みですからね。

最初は、私もFクラスに異動しようかと考えたのですが、それは学園長に止められました。私が入ると警戒してしまうという理由で。確かにそうだと思いましたので、私はいつも通りの行動をとることにしましたの。

でも、脇はしっかりと固めさせてもらいましたわ。

一応【魅了】対策はできましたが、もう一つ、確かめなければならないことがあります。

それは、【無属性魔法】についてですわ。

言葉が示すように、【無属性魔法】とは、どこにも属さない魔法のことです。

代表的なものとしてあげられるのが、錬金術ですね。薬師もこの部類に入ります。多数の素材を一つにし、別の存在を生み出す。一見、弱そうに見えますが、鍛えれば、S組にも余裕で入れますわ。現に、クラスメートの中にいますからね。彼はとても強いですよ。

話が少し逸れましたが、通常、【無属性魔法】の属性を持つ者は、他の魔法を使えないことが多いのです。だけど、彼女は【魅了】聖魔法も使えます。

ましてや、彼女が持っているかもしれない【無属性魔法】は、【時魔法】です。

物や人物の過去を見、未来を予知する能力。

それがもし本当なら、とんでもない力ですわ。

誰もが、いえ、どの国も欲しがる力でしょう。過去の歴史において、【時魔法】の能力を持つ者を得るために、戦争が起きたと歴史書にも記載されていますから。

だからこそ、慎重に慎重を重ねて確認する必要があります。

魔法のエキスパートであるお父様が確定できなかったのは、わずかに予知にズレがあり、そこに、魔力の流れを感じなかったからだと書かれていました。

それにしては、多少のズレがあっても近いことが起きている。よって、百パーセント否定できない。なので、場所が変われば何かしらわかるかもしれない。

というわけで、彼女をこちらに送り込んできたのです。

厄介で面倒としか言えませんが、致し方ないことと言えるでしょう。私でも同じことをしたでしょうからね。

問題なのは、それに釣られて師匠が来るのではないか、ということです。あの人、珍しい魔法に目がないですから。ほんと、頭が痛いですわ……

学院の生徒が研修に来て一週間が経ちました。

この一週間。本当にいろいろありました。あり過ぎました。

「……大丈夫？」

リーファが心配そうな表情をしながら、私が好きなデザートを注文してくれました。

「これでも食べて元気出して」

リーファが天使に見えますわ。

「美味しいですわ」

満面な笑みを浮かべる私を見て、リーファはホッとした顔をしています。

本当にリーファは天使ですわ。

「あまり、無理をするな。セリア」

「ユリウス殿下の言う通りだよ。僕たちはセリアの味方だから」

「ああ。だから、いつでも俺たちを頼れ。いいな」

「そうよ。セリア」

ユリウス殿下もレイファ様もリーファも優しいですわ。涙が出てきそうになりました。

「……それにしても言ったら悪いが、あれはないぞ」

不快感で眉を顰めるユリウス殿下に、私は苦笑するしかありません。ユリウス殿下の言う通りです。さすがの私も、あそこまで酷いとは思いませんでした。まだ、元婚約者や屑元王子の方が余程マシです。

最悪、お父様には悪いですが、例の案件、突き返すのもありかもしれません。何なら、師匠に彼女を任せるのも一つの手かもしれませんわ。私が彼女の立場なら絶対に嫌ですけどね。必死で自分を改めますわ。

「噂をしたら、来たわね」

リーファの声が若干低くなります。

「またこれか‼　まともな物を食わせろよな‼」

一人の男子生徒が食堂の職員を怒鳴り付けています。他の男子生徒も同じような態度で、職員を困らせています。

六人いる男子生徒の中央には、一人の女子生徒。確か名前はエレノアと言いましたね。

さながら、騎士に護られている姫のような扱いですね。騎士ではなく柄の悪い犯罪者集団のように見えますけど。不快でしかないこの光景も見慣れましたわ。

当然、潮が引くように学生が逃げていきます。同時に、あちらこちらから、私を批判する声が上がり、厳しい目が向けられます。仕方ありませんわ。

学園への受け入れを決めたのは、私なのだから。

彼らの元に向かい、声をかけます。

「何をしているのです。恥を知りなさい」

この台詞(せりふ)を言うのは何回目でしょう。

「我々は食事の改善を求めているだけだ。もっとマシな食事を用意させろ!!　セリア!!」

あ〜心底、ウザいですわ。その顔を思いっ切り殴りたいですわ。従兄弟(いとこ)とはいえ、こんな男と血が繋(つな)がってると思うと、全身の血を入れ替えたくなります。夢見がちな方のお子様は、やはり夢見がちになるのですね。

自分は選ばれた特別な人間だとでも思っているのかしら。彼は伯爵家のただの一子息に過ぎません。しかも今は何の爵位も持っていませんよね。

「気安く名前を呼ばないでくださいませ。そもそも、名前を呼ぶことを許可した覚えはありませんよ。マルティス様。……量は少ないかもしれませんが、きちんと計算された食事です。栄養失調にはなりませんからご安心を。嫌なら、別に食べなくても構いませんよ」

この男、マルティス・ディオスの名前なんか口にはしたくありませんのに。

「なっ、生意気な!! 俺たちは貴族だぞ。どうして、平民より下の食事なんだ」

この台詞(せりふ)も何度目でしょう。絶対この時、私の目は死んだようになってるでしょうね。

「それは、貴方たちが劣っているからですよ。座学の成績は辛(かろ)うじてDクラスの下。実技に至っては問題外。何度も言いますが、この学園は実力主義の学校です。そこに、貴族や平民は関係ありません。怒鳴っている暇があれば、さっさとご飯を食べて勉強したらどうです? 木刀でも振ったらどうですか? このままでは、単位が取れずに留年決定ですね。もし、裏から賄賂(わいろ)を渡そうと考えているのならやめた方がいいですよ」

いつもなら、木刀あたりでやめておくのですが、よっぽど疲れていたみたいです。今日は畳み掛けるように言ってしまいましたわ。

遠回しに見ていた生徒たちから、嘲笑(ちょうしょう)するクスクスという笑い声が上がります。

マルティス様とエレノア様、そして二人を取り巻く男たちは怒りで顔が真っ赤になりました。

目をウルウルさせながら訴えるエレノア様。わざとらしいですわ。

「こんな仕打ち、あまりにも酷(ひど)いですわ!!」

常々思うのですが、この手のタイプの女性って、皆自分がとても好きなようです。どんな風に見せたら、特定の対象に好印象を与えられるのか、よく研究されていますもの。その研究力を他に回せば、少しはマシになるのでしょうに。ほんと残念ですわ。

「いえ、全然酷くありません。学園の案内書にもきちんと記載されています」

イジメと思われたらいけませんから。きちんと否定しますよ。

「貴様!!」

馬鹿な従兄弟が殴り掛かろうとしてきました。自国の皇女を、継承権を持たない者が危害を加えようとする。残念という表現を遥かに超えてる行為ですわ。

とはいえ、プライドが無駄に高いだけあって、ここまで馬鹿にされたらこうなりますよね。会ったのは数回しかありませんが、鮮明に覚えていますわ。

まぁ、従兄弟が何人殴ってこようと、全く痛くも痒くもないんですけどね。全部余裕で避けられます。でも、ペナルティは付きますよ。構内での暴力行為はマイナス三点。五点溜まると、即停学。八点で留年。十点で退学ですね。一週間でマイナス三点ですか……三か月持ちますかね。自滅パターンもありですね。

「やめろ!! 俺のセリアに何をするつもりだ」

マルティスの拳は私には届きませんでした。

いつの間にか側に来ていたユリウス殿下が、マルティスの腕を掴んでいたのです。さり気なく前に立ち私を庇います。

「……ユリウス殿下」

このような扱いを受けたのは初めてでした。私が庇うことは多々ありましたが、庇われたことはありません。何故かしら、頬が熱くなります。胸もドキドキしますわ。

「いつ、ユリウス殿下のものになったのですか？　セリアは僕のものですよ」

もの……？

「レイファ様。私は人間ですが？」

そう尋ねた途端、レイファ様が固まりましたわ。リーファとユリウス殿下は何故か笑いを堪えているようですし。私、何かおかしなことを言いましたか？

「……ああ。そうだね。セリアは人間だ。僕が言ったのはそういう意味じゃなくて」

「では、どういう意味でしょう。レイファ様、耳が赤いですね。熱があるのでは？」

食欲はあるようでしたけど、大丈夫でしょうか？　失礼しますね。

手を伸ばし、レイファ様の額に触れようとした時でした。

「………どうしてよ!?　どうしてアンタがここにいるのよ!!　アンタの出番はとうの昔に終わってるのよ、この悪役令嬢!!」

甲高い少女のヒステリックな叫び声が食堂に響きました。

エレノア様でした。

悪役令嬢……？

……出番？

いったい、この人は何を仰っているのでしょうか。私は彼女が叫んだ内容について全く理解できませんでした。もしわかる方がいるのなら、通訳してほしいのですが……いませんよね。

意味不明なことを叫んだと思ったら、今度は黙り込んでしまいました。何やら俯いてブツブツと呟いています。

バグ……？

リセット？

そんな単語が聞こえてきました。

どういう意味でしょうか？　さっきの悪役令嬢といい、全く意味がわかりませんわ。それにしても、感情の起伏が激しいですわね。情緒不安定なのですか？　何だったら、先生をお呼びしましょうか？　貴女の取り巻きたちも少し引いてますわよ。

いい頃合いですね。ご退場いただくには。

「……ご気分が優れないのなら、保健室で休まれたらいかがでしょう。侍女に――」

案内させますわ、と続けようとしたら、いきなりエレノア様は顔を上げました。

吃驚しました。何かに憑かれているようで少し怖いですわ。

エレノア様は血走った目で私を凝視すると、指差し声高らかに宣言します。

「やっぱり、貴女バグね!!　だからイベントが始まらないのよ。バグがヒロインポジなんて絶対許せない!!　見てなさい。絶対、修正してやるんだから!!」

人を指差したら駄目だと教わりませんでしたか。それとも、私に決闘でも申し込もうとしているのかしら。そう思われても仕方ありませんよ。そのつもりはなさそうだけど。

それにしても、エレノア様はさらに意味不明な台詞を吐きましたわね。イベント？　ヒロインポジ？　何やら私を排除するようなことも言っていました。

彼女は言うだけ言って、脱兎のごとく駆け出していきましたから、訊き返せませんでしたわ。取り巻きたちも慌てて食堂から出ていきましたしね。

相変わらず、エレノア様の【魅了】を受け続けているようですね。特に強く影響を受けているのが、マルティス様です。魔力の流れ具合が違いましたから。まぁ後はどっこいどっこいですわね。

確かに、彼らに【魅了】は掛かっていますわ。でも、あの暴言は言わされているのではなく、本人の気質から出たものです。操られてる様子は全くありませんでしたからね。操られていたら、エレノア様の言動に引きはしませんわ。

精神操作ではなく精神関与。

それが、今の彼らの状態かしら。結果、箍が外れやすくなっていますわね。

とはいえ、あの言動は許されるものでは決してありませんわ。

彼らの言動はひとまず横に置いておいて、さっきのエレノア様の言動は何だったのでしょう。とても気になります。詳しく調べる必要がありますわね。「見てなさい」と言ってましたから、何か仕掛けてきそうな気はするのですが……。後で、スミスたちと相談いたしましょう。

それはさておき、結局、お昼ご飯食べられなかったみたいですけど、大丈夫でしょうか？　昼からは実技の訓練ですよ。まぁ実技とはいえ、行ってるのは体力強化ですけどね。とても大事なのですが、彼らにしたら、サボりたくなるような地味で単純作業ですわね。

そうそう。後で、関わった方々にお詫びしませんと。先生方にも特別手当が必要ですわね。まずは、食堂の方からですね。

「………いったい、何なんだ。アレは……」

「まったくです。何がしたいのかさっぱり……」

力なく呟く、ユリウス殿下とレイファ様。場所は食堂ではありませんが数日前の私がそこにいました。

「大丈夫ですか？」

我が皇国の馬鹿たちのせいで、大勢の方に迷惑を掛けてますね。特に今は、先生方と目の前の二人でしょうか。先生方はずっとですが、ユリウス殿下とレイファ様は……

エレノア様のあの意味不明な宣言の後、脱兎のごとく逃げ去った次の日から、それは始まりましたの。

彼女の奇怪な行動が。

いきなり二人の前で転け掛けたり。

持ち物をわざと目の前で落としたり。

ふらついてぶつかってこようとしたり。

極めつきは、自分が勝手に木登りして降りられなくなったのを助けてほしいと頼んでいました。

そうそう。手作りのお菓子を持参していたりもしていましたね。

大まかな行動はこの五つですね。それが繰り返し起きてます。それプラス、細々なものを入れればもっとありますわ。

その中でも特に酷(ひど)いのが、ユリウス殿下もレイファ様も名前を呼ぶのを許可していないのに、勝手に名前呼びして近寄ってくる始末。注意しても一切聞きはしません。

「騙されているのです。私がお二人を救います。私の愛で」

ユリウス殿下とレイファ様が何を言っても、そう返事するそうです。目をウルウルさせながら。言っていて虚しくなりますよね。

ましてや、エレノア様が二人に近付くにつれ【魅了】の魔力がユリウス殿下とレイファ様にまとわりつこうとしています。魔道具のおかげで無効化していますが……。王族と王弟の息子に手を伸ばすなんて、本来なら、胴体から首が離れてもおかしくない行為ですよ。

でも、【魅了】のことは今は伏せているので、注意するとしても、「はしたない」ぐらいしか言えないのが私としても辛いですわ。ユリウス殿下やレイファ様は特にそうでしょう。胸が痛みます。早く打開策を練らないと。

それにしても、エレノアという女、どこから湧いてくるのでしょう。何を言っても、ずっと付き纏(まと)ってきます。まるで、あの光沢のある茶色の虫を思い出してしまいましたわ。アレ、攻撃したら、何故か攻撃した人に向かってくるでしょう。

「ゆっくり、ここでお休みください。ここまでは入ってはこられませんから」

ここは本校舎から離れた場所にあり、執務室も兼ねています。もし、この場所に辿(たど)り着いても入れないでしょう。

「そうさせてもらうよ。すまないな、セリア」

「ありがとう。セリア」

疲れながらも、笑みを浮かべるユリウス殿下とレイファ様の人柄に、私はとても救われてるのだと、改めて思いましたわ。

「何か打開できるもの見付かった？　……ないのね」

リーファの台詞(せりふ)に表情が曇ります。

「意味不明な単語ばかりで、何を言ってるのか理解不可能ですの。たぶん、こういう意味ではないかと想像することはできるのですが……断定ができないのです」

悔しいですが。

「悪役令嬢。リセット。バグ。後は……イベントだったよね」

「闇落ちというのもありましたわ」

「闇落ち？　それって、犯罪者になること？」

私は軽く首を横に振ります。私も初めて聞いた時はそう思ったのですが、どうも違うようです。

「犯罪者というよりは、魔王に近いような……」

「「魔王⁉」」

三人が綺麗にハモりました。

そりゃあそうですよね。魔王って、物語の中で登場する悪役ですもの。誰も実在するとは思っていませんわ。

「何かの理由で、私がその闇落ちをして、エレノア様とエレノア様の仲間に退治されるって信じてるようで……」

「はぁ～何それ!?」

皆呆気にとられています。私も言われた時思わず固まってしまいましたもの。でも、エレノア様は本気でそう考えているようです。

「まさか……その仲間の中に、ユリウスとレイファがいるの？」

苦笑しながらも頷くしかありません。

「ありえない!!　俺がセリアを傷付けるなんて。妄想でもな!!」

「妄想でもそんなことを考えるなど、到底許せるものか!!」

二人とも怒ってくれて、とても嬉しいですわ。

「でも、セリアは闇落ちしてないわよね」

リーファは冷静に訊いてきます。

「これから先もありえませんわ」

「そうよね。絶対にないわ。でも、そのイカれた妄想を信じてる女よ、何か仕掛けてくるんじゃない？」

確かに、リーファの言う通りです。

現に、ユリウス殿下とレイファ様に近付き、妄想を現実にしようと躍起になっています。とするなら、私を何としても闇落ちさせようとするでしょう。もしくは、そう見えるように追い込んでくる可能性もあります。

「ええ。妄想にとり憑かれた女の行動を読むのは難しいですわ。突拍子のない行動に出るので。どうしても、後手に回ってしまいます」

腹立たしいですが。

その時です。リーファの代わりに答える声がしました。それも背後から。

「へぇ～。私の大事なセリアちゃんを闇落ちにさせるとはね……」

楽しそうな声なのに、冷気をヒシヒシと感じます。よく知っている声に、振り返るのが怖くなりました。本能が拒否しています。

でも、振り返らないと……

「……師匠」

「今は師匠じゃないでしょ。セリアちゃん」

振り返ると、満面な笑みを浮かべている黒髪の美女が、窓の柵に腰を掛け座っていました。

完全に、選択を間違いましたわ。

そう認識した途端、反射的に立ち上がり言い直します。緊張で冷や汗と手汗が酷いです。高位種の魔物と対峙した時以上に緊張してます。

「お母様、お久し振りです」

「「お母様!?」」

また綺麗にハモりましたね。

はい。目の前にいる美女は、二十代前半にしか見えませんが間違いなく私の母親です。実年齢は

三桁を優に超えています。

魔力量が多過ぎる故の弊害――

この世界でお母様のことを知らない人はいません。その顔を知らなくても、名前を聞いたことは幾度となくあるでしょう。良くも悪くも。

その名に、言葉に、力があり過ぎるのです。存在そのものが脅威なのです。

お母様の存在がバレれば、コンフォート皇国が注目されます。大規模な魔物討伐後、復興に力を入れていた皇国にとって、それは避けなければならなかった。

だから、お母様のことは伏せられたのです。

なので、皇后でありながら公の場には一切出たことはありません。そもそも、皇宮にさえ住んではいません。

『いくら姿を変え名前を変えても、いつかはボロが出るわ』

渋るお父様にお母様はそう告げると、皇宮に入るのを自ら拒否したそうです。本当は、皇后であることも拒否したかったそうですが、そこはお父様が譲らず粘り勝ちしたそうです。

そうした中で、当然側室の話も出てきたそうですが、全部お父様が笑顔で潰したそうですよ。今では、その話題を口にする者はいませんわ。

私が初めてお母様に会ったのは親子としてではなく、師匠と弟子としてでした。でも、お父様のお母様に対する溺愛ぶりは本人だけでなく、あらゆる方々から聞いてましたから、この方が母だということは告げられなくてもわかっていました。

初対面の経緯もあってお母様と呼ぶよりは師匠と呼ぶ方が多かったですね。

「お久し振りです。セイラ様」

さすが、スミス。言葉の選択を間違っていません。ここで皇后様と言ったら終わりですから。

「久し振りね、スミス。相変わらず、いい男ね。喉が渇いたわ。いつものお願い」

スミスの肩に手を置き、頭を下げてる彼の耳元で囁くお母様。全然変わっていませんわ。本当に自由な方です。こんな様子ですが、お父様に一途です。本当ですよ。

あっでも、今は喧嘩中ですわね。

とても自由な人です。その自由も、お母様だからこそ許されるものです。確固たる実力があってこそ、勝ち得た自由と言えますね。

リーファたちは、鳩が豆鉄砲をくらったかのような顔をしていますね。

まぁ、その気持ちはわかりますわ。

「お母様。どうして、ここに？」

「あら、親が娘に会いに来るのに理由がいるかしら？」

「……本当の理由は何です？」

親に警戒心を抱くのはどうかと思いますが、お母様に対しては抱かずにはいられません。常識から掛け離れた価値観の持ち主ですから。

「理由は三つ。一つ目はセリアに会いたくなったから。二つ目はセリアの婚約候補に会いたかったから。三つ目は……同胞の気配を感じたから」

三番目が一番の理由ですね。

「同胞……？」

私の声が聞こえていたはずなのに、お母様は私が座っていた席に腰を下ろすと、身を乗り出し、ユリウス殿下とレイファ様をジッと見詰めています。

「お母様、近過ぎます‼」

「あら、いいじゃない。どちらかが、将来、私の息子になるのだから」

悪びれることなく答えます。

「お母様‼」

まだ決まっていません。それに、候補はまだいますわ。

「コンフォ伯爵家の二人は駄目よ」

慣れていますが、人の考えを勝手に読まないでくださいませ。

「何故、と尋ねてもよろしいでしょうか？　セイラ様」

スミスがテーブルにお茶を置きながら尋ねます。

「決まっているでしょ。彼らのどちらかがセリアの婚約者になったら、まず間違いなく監禁されるわよ。下手したら、魔法具で魔力を封じられるか、病気になるか……まぁ、死ぬことはないと思うけどね」

「しれっと、何怖いことを言ってるんですか⁉　隊長たちはそんな危ない人ではありませんわ」

思わず突っ込んでしまいましたわ。

「いや、危ないでしょ、あれは。かなり病んでるわよ」

病んでるって。

「そうですね。余裕で想像できます。かなり、特殊な嗜好をお持ちのようですね」

スミスも賛同します。

二人の目に、隊長たちはどのように映っているのでしょうか。とても気になりますわ。

「でしょ」

「お母様!!」

思わず厳しい声が出ましたわ。すると、お母様は私に視線を移します。

「……セリア。私は怒っているのよ。あんな屑と婚約して。わかっていたでしょ、あれの気性。それでも、皇国のために婚約を続けた。馬鹿旦那もね。ほんと、似た者親子なんだから」

もしかして……

「それが、夫婦喧嘩の理由ですか？」

「ほかに何があるの？　これでもね、私は貴女の母親なの。育ててはいないけど、私がお腹を痛めて産んだ子なの。心配するのは当たり前でしょ」

お母様。育てていないという自覚はあるのですね。

「セリア。後で、特訓ね」

にこやかな顔で告げます。

「理不尽ですわ!!」

「そう？」

諦めて、大人しく受けるしかありませんわね……

気を取り直して、お母様が無視したことを訊き直します。

「お母様。同胞って、どういう意味です？」

「言葉通りよ。セリアは知ってるわよね。私が【落ち人】だって」

突然の告白に息を呑むリーファたち。

特に隠すことなく、自分の秘密をお母様は淡々とした口調で告げます。

知ってるわよねと訊かれて、私は小さく頷きました。

【落ち人】。

数百年に一度の割合で、この世界ではなく、他の世界から渡来してくる人がいます。彼らのことを総じて、私たちは【落ち人】と呼んでいます。

そう……お母様は、その【落ち人】なのです。

同胞の気配。それは、お母様の故郷の匂い。

だとしたら、その匂いの元と考えられる人物は、一人しか思い浮かび上がりませんわ。

「……エレノア様が、【落ち人】なのですね」

確かにそう考えれば、エレノア様の意味不明な言動については、まだ納得できます。この世界の住人ではないのだから。

「何か、納得してなさそうね」

楽しそうに訊かないでくれますか。お母様。ご指摘通り、納得はしていませんわ。矛盾があるのですもの。

「エレノア様が【落ち人】なら、人を凌駕した力を持っているはずでは？」

そう、【落ち人】ならお母様に及ばなくても、それなりの力や魔力を持っているはずです。しかし、あのエレノア様からは、そのような力の片鱗を一切感じませんでした。隠しているとも思えません。それに、【魅了】の力もそれほどではありませんでしたから。精神関与でとどまっていましたし。確かに魔力量は多いと思いますが、それはあくまで普通の人間としてですわ。

「そうね。あのお嬢ちゃんは私たちとは明らかに違うわ。強いて言うなら、【落ち人】でありながら、【落ち人】じゃあない。つまりね、あのお嬢ちゃんは【落ち人モドキ】よ。モドキ」

本当に楽しそうですわね、お母様。

「モドキですか……？　つまり、偽物だと」

「まるっきり、偽物じゃあないわよ」

「どういうことです？」

「まぁ簡単に言えば、正規入国と不法入国みたいなものね」

「つまり、お母様たちが正規入国だとしたら、必然的に、エレノア様が不法入国になりますね。同胞でも、招かれた者と招かれざる者というわけですか？」

「もしくは、迷い込んでしまった者ね」

この世界に迷い込んだ……？　だとしたら、おかしくはありませんか？

「資料によると、エレノア様は、我が国で生まれています」

お母様や他の【落ち人】は、この世界に生まれていません。しかし、エレノア様はこの世界で誕生しています。

「セリア。モドキの大きな特徴はね、魂のまま渡ってくること。私たちのように肉体を伴ってはいないわ」

はい？　魂のままですか？

「魂のままって……大丈夫なんですか？」

驚きのあまり思わず、そう訊いてしまいましたわ。

まさか、魂のままって。魂って、脆くてすぐに傷が付いてしまうのに。傷付いても肉体と違って治せませんし。そんな脆いものが、他の世界に渡ってくるなんて思いもしませんでしたわ。

「大丈夫だったんじゃない。現にこられたんだから」

そんな気楽に……まぁいいでしょう。

「だとしたら、今のエレノア様の体には、別の人間の魂が入っているのですね」

「そうね」

「では、本物のエレノア様の魂はどこに？　そもそも、どうやって入り込むのです？」

「簡単よ。乗っ取ったの。本来のエレノアの魂は弾き飛ばされたか、深層心理の奥深くで眠らされているか、そのどちらかね。その子、一度死ぬ程の大怪我を負ったことがあるんじゃない」

返ってきた答えは、とても物騒なものでしたわ。

死にそうな程の大怪我……確か、お父様からの資料の中にエレノア様に関する詳細が書かれた資料があったはず。

「セリア様。こちらに」

動くより早く、スミスがさりげなく渡してくれます。さすがですわ。

「……お母様の仰る通り、エレノア様は十歳の時、魔物に襲われて死に掛けていますわ」

資料によると、その時に負った怪我のせいで一か月ほど昏睡状態だったらしいですわ。

「やっぱりね。目を覚ましたら、娘の性格が変わってて、さぞかし親は驚いたでしょうね」

すこし悲しげに告げるお母様に、私は何も答えられませんでした。

一命を取り止めた我が子の中身が、まさか違うとは誰も考えません。考えるわけがない。エレノア様の両親も、別人のような性格は恐怖のせいだと不憫に思ったことでしょう。そう思った親を責めるつもりは毛頭ありませんわ。

「……そのことは、今はどうでもいいことですわ」

冷たいと思われるかもしれませんが、いまさら中身が入れ替わったことについて話しても、何も解決しません。過去には帰れないのだから。それよりも今は、エレノア様の対処について意見を交わすべきですわ。

「お母様。エレノア様が【無属性魔法】を使えると思いますか？」

エレノア様が【時魔法】を使えるか、使えないかで、かなり対処法も扱い方も変わります。お父様は可能性は限りなく低いと言っていました。私も正直低いと考えます。

「思わないわね。それに、あの人も魔力の流れは感じないって言っていたでしょ。そもそも、その魔法を使える程の魔力はないわね」

確かにお母様の仰る通りです。【時魔法】は、他の魔法よりも遥かに魔力を使います。だって、過去や未来を視るのだから当たり前です。

「では、軽視できないくらいに、過去や未来が当たるのはどうしてでしょう？」

私が後手に回らなければならなかったのは、主にこれが理由でした。

本当に歯がゆかったですわ。だって、わずかな可能性がありましたからね。でも、ないとはっきりわかれば、対処の仕方は大いに開けます。

それでもどうしても一つ疑問が残ります。エレノア様はどこで、過去や未来を知ったのでしょう。

「セリアはどう考える？」

私たちが知らなくて、エレノア様だけが知っている。

だとしたら、考えられる可能性は一つしかありませんわ。

「エレノア様の妄想ですか？」

突拍子のない作り話です。私が闇落ちして魔王になると、本気で信じ込んでいるのですから。

「そう考えるのが自然よね。それに、モドキの中で、あのお嬢ちゃんのように妄想に囚われている人間がいたのよね～過去に」

結構、モドキはいるようで驚きますね。そんな記述読んだことはありませんわ。混乱を招くだけだから、あえて記載しなかったのかもしれません。

「妄想に囚われているということは、妄想通りにしようと動いているってことですわね」

「そうなるわね」

この時になって、今まで黙って聞いていたユリウス殿下が割り込んできました。

「だとすれば、セリア嬢が魔王になる未来がある、ということ?」

言いたくないことを口にしたような、苦悶の表情でユリウス殿下は問い掛けます。すると、リーファとレイファ様が、ユリウス殿下を非難するような目で見ました。

ユリウス殿下は二人に責められていると知りながらも、私とお母様から視線を外しません。王子として確かめなければならない事実ですものね。私も同じ立場なら、躊躇しながらも尋ねるでしょう。

「そうなりますね」

それに答えたのは私自身です。今までの話の流れではそうなりますね。本人はなるつもりはなくても可能性はあります。

リーファたちは一斉に苦痛に顔を歪めます。

「あくまで、可能性の一つに過ぎませんわ。限りなく低いですけどね。だって、エレノア様の中では、私はこの学園に通ってはいませんから」

皆を安心させるために笑みを浮かべながら答えます。

「だとしても、あの女はその最悪な未来を手繰り寄せようと動いているのだろう。だったら、早急に手を打たなければいけないな」

厳しい表情でユリウス殿下は言います。

「ええ。その必要がありますね。でもその前に、確かめなければいけないことがあります」

「確かめること？」

「はい。それは、エレノア様の中に本物のエレノア様がいるかどうかですわ」

だって、罪を犯しているのはエレノア（偽）様の方でしょ。

「どうやって？　方法があるのか？」

もっともな質問ですね、ユリウス殿下。

私はにっこりと笑うとお母様を見ました。

「お願いできますか？　お母様」


確かに、頼みましたよ。

頼みましたが、これって、あんまりじゃないですか!!　恥ずかし過ぎます。誰が好き好んで、自分のこんな姿を見なければならないんですか!!

「そんなに恥ずかしがるのなら、大人しく留守番してればいいのよ」

私が私に話し掛けてきます。それも、ユリウス殿下とレイファ様の腕に両腕を絡ませながら。それもさり気なく、二人の腕に胸を押し付けています。ない胸を。絶対、わざとですよね。

「留守番なんてできるはずないでしょ!!　私がいてこの状態なのに、いなかったら何をしでかすかわかりませんわ!!」

一緒にいる私たちだけが聞こえるぐらいの超小声で文句を言います。

「さすがの私も、未来の息子には何もしないわよ」

「してるじゃないですか!!」

何を言ってるんです。必要以上に密接してるじゃないですか。今も。

「こんなのしているうちに入らないわよ。そうでしょう？　ユリウス様」

「なっ、お母様!!」

最後の台詞(せりふ)はユリウス殿下に顔を寄せながら、耳元で囁(ささや)きます。ユリウス殿下は照れてらっしゃいます。満更ではなさそうな感じに、何故かとてもムカッとしましたわ。

だからでしょうか。反射的だったのです。

考えるより先に手が出ていました。ユリウス殿下とレイファ様の服を掴(つか)み、自分の方に引っ張っていました。

「「セリア……？」」

呆気(あっけ)にとられ、私の名を呟(つぶや)くユリウス殿下とレイファ様。

二人が私を見ているのに気付いていましたが、顔を上げることはできませんでした。

どうしてでしょう。頬が燃えるように熱いですわ。熱はないはずなのに。

「……ここから先は、人目に付きます。くれぐれもおふざけはやめてください」

顔の赤みを誤魔化すように、いつもより硬い声で、口調も明らかに棘(とげ)を含みながら注意します。

そんな私の様子を見て、お母様は私の姿をしたまま、フフフと楽しそうに笑っていますわ。リーファは私の隣でニヤニヤしてます。何でしょう。とてもいたたまれない気分ですわ。

それにしても、本当に、お母様は破廉恥過ぎますわ。男性とあんなに密接するなんて。お父様がいらっしゃるのに。

そもそも、どうしてこんなことになったのでしょう……

事の発端はお母様の我儘から始まりました。

「ただ一緒に行動するなんておもしろくないわ。良い機会だし、私がセリアね」

そう告げて、早速私に姿を変えるお母様。有無を言わせない早業です。

ふざけ過ぎてます。もちろん、猛反対しましたよ。しましたが、「だったら、見ないわよ」って言われたら、渋々こちらが折れるしかありませんわ。

エレノア様の中に本物のエレノア様の魂があるかどうか、それを知るには、直接本人を見て確認する必要がありました。それに、言い出したのは私です。

その時にどうしても必要になるのが、お母様の目です。正確に言えば、お母様が持つスキルですわ。だから仕方なく、同行するために私は【認識阻害の魔法】を自分に掛けましたの。これで、透明人間のでき上がりですわ。ただし、喋らなければですけど。

後は、エレノア様が接触してくるのを待つだけです。

エレノア様は今必死で、ユリウス殿下とレイファ様を落とそうとしているので、ただ校舎内を歩いていれば、捜さなくても向こうから現れるはずですわ。

するとすぐに、どこからともなく湧いてきました。本当に、茶色いアレに似てますわね。

「ユリウス様～。レイファ様～」

独特な甲高く甘い声を発しながら駆け寄ってきます。取り巻きの面々を引き連れて。もちろんその中には、マルティス様の姿もありますわ。

満面な笑みを浮かべているエレノア様と違い、取り巻きの面々は超仏頂面ですけどね。

「どうして、ここにセリア様とリーファ様がいるんですか～。ユリウス様とレイファ様が迷惑してるのに気づかないんですか～」

顔を見るなり、軽く先制攻撃を仕掛けてきます。

この手のタイプの女性って、皆どうして常識を知らない上、言葉の語尾を伸ばすのでしょうか？その方が可愛いと思っているのでしょうか？　それって勘違いでしょ。だって、ユリウス殿下もレイファ様もとても迷惑そうにしていますもの。私ではなくエレノア様、貴女にですわ。

私に姿を変えているお母様はコトンと首を傾げ、隣に立つユリウス殿下に尋ねます。

「迷惑なのですか？」

「そんなこと、一度も思ったことない」

ユリウス殿下は優しい笑みを浮かべながら答えます。

今度はレイファ様に視線を移しました。

「僕も思ったことはないよ」

レイファ様も、ユリウス殿下に負けないくらい優しい表情をしながら答えます。

二人の表情を見てると何故かムカムカしてきましたわ。でも今はそんな感情に振り回されている場合ではありませんよね。気持ちを切り替えないと。

「だそうですわ。エレノア様」

先制攻撃を簡単に躱し、にっこりと微笑みながら私（偽）は右からジョブを叩き込みます。

悔しそうに顔を顰めるエレノア様。攻撃が効いています。貴女の武器である【魅了】は二人には効いていませんもの。

「そう思っているのは、セリア様だけですよ～。少しは、ユリウス様とレイファ様の優しさに甘えるのはやめたらどうですか～」

それしか言うことはないのですか？　相変わらず、単調ですわね。

「甘えて何がいけませんの？　だって、ユリウス様もレイファ様も、私の婚約者候補ですわよ」

さすがお母様、口調も完璧ですわ。でも、バラしましたか。別に構いませんが、できれば黙っていてほしかったですわ。

「はぁ!?　婚約候補は俺だろ？」

その言葉に一番に反応したのは、意外にもマルティス様でした。

またこのパターンですか……。二度目になると、さすがにあきあきですわ。

にしても、まさかマルティス様がそんな勘違いをしていたとは。どこに勘違いする個所があったのでしょうか。それを潰したのは、誰でもない自分自身であることを理解してほしいですわ。

最初に婚約者候補からお父様が握り潰したのはマルティス様でした。お父様、グッジョブです。

「いいえ。違いますわ」

私（偽）はきっぱりと否定します。

「嘘吐かないで!!」

マルティス様が反応するよりも早く、エレノア様が叫びました。

「嘘ではありませんわ」

冷静に私（偽）は答えました。

すると、エレノア様が何かに取り憑かれたかのように、ブツブツと呟きます。

「そんなの知らない。認めない。だって、読んだことないもの。前話の悪役令嬢がここにいること事態、おかしいのよ」

この距離ですから呟き声は耳に入ります。

読む……？　前話……？　何かの書物にでも書かれていたのでしょうか？　でもここは、貴女がいた世界とは違う世界ですよ。何故そう思うのでしょう。

疑問が頭を過ります。そうしている間に話は進みます。

「私がここにいるのがおかしいと、貴女は仰るのね」

そう確認をとる声は、とても低いものでした。

「そうよ!!　だってセリアは、不幸キャラだもの!!　家族にも婚約者にも嫌われて、最後には婚約破棄されて伯爵家に追放される悪役令嬢、それがあんたよ!!　そこで、奴隷のような扱いを受けて、生きながら魔物の餌にされて、最後は闇落ちするのよ!!　黒炎の魔女として」

そうエレノア様が口にした瞬間、周囲の空気が完全にビシッと凍り付きましたわ。私たちは絶句し、ただただエレノア様を凝視します。ただ、お母様だけは違いました。

エレノア様の口から語られたのは、あまりにも現実離れした内容。

だけどそれが、偽エレノア様が知る私、セリア・コンフォートなのです。

偽エレノア様が語った私は一体誰なのでしょう。

私は家族に愛され、伯爵家には自ら足をはこんでいます。もちろん、奴隷の扱いなど受けてはいないし、魔物の餌になるような罪も犯していません。まるっきり、正反対の状況にいます。同じ名前の別人だとしか思えません。それにいろいろ混ざってます。

当然闇落ちはしていないし、これから先もしないでしょう。全くの別人なのですから。

それにそもそも、黒炎の魔女とは――

エレノア様がその呼び名を口にした時、お父様が危惧(きぐ)した理由もわかりましたわ。その名を知る者が元平民の中にいるとは思いませんもの。

私は私の姿をしたお母様を見詰めます。その目は娘の私でもゾクッとする程冷たく、底には黒い炎が燃えていました。

「……妄想もそこまでにしなさい。それ以上口を開くなら、覚悟ができているのでしょうね」

殺気を放ちながら尋ねます。

その殺気に当てられ、エレノア様も取り巻きたちも腰を抜かしています。まったく情けない醜態ですわ。平然としているのは私たちだけとは。

そんな彼らを、まるで汚物を見るような目でお母様は一瞥(いちべつ)すると、それ以上言葉を発することなくそのまま踵(きびす)を返しました。

あくまで今回は確認だけですからね。

「ハーブティーをどうぞ。精神を安定させますので」

部屋に戻ると、侍女がハーブティーを淹れて、私たちが帰ってくるのを待っていてくれました。

その心遣いに感謝ですわ。

「美味しいですわ。ありがとう」

ハーブティーは正直少し苦手ですけど、今日飲んだのはとても美味しいですわ。ホッとしますね。

心を落ち着かせている時でした。学園長にお遣いを頼んでいたクラン君が戻ってきましたわ。何故か、とても疲れ切ったような表情をしてますね。

「どうかしたのですか？　クラン君」

溜め息混じりで教えてくれました。

「いつもは避けていたんですが、運悪くあの女に出くわしてしまって、絡まれたんですよ」

偽エレノア様ですわね。

「セリア様に意地悪をされているのを知ってるから、私のところに来なさいと。そんなことはされていないと断ると、洗脳されてるのねと、それはもうしつこくて」

げんなりとした表情でクラン君が答えます。

あ～その状況が目に浮かびますわ。まさか、従者のクラン君にまで手を出すなんて、思いもしませんでした。クラン君の様子では、今までも何度か接触しようとしていたみたいですね。まぁ、顔がいいですからね、クラン君は。偽エレノア様の好みなんでしょう。顔が良ければ誰でもいいのかしら。範囲広いですね。それとも、私を討つパーティーの一人かしら。

「それは災難でしたね。ハーブティーでも飲んで休んでくださいな」

「ありがとうございます。セリア様」

クラン君が侍女と共に下がったのを見届けてから、お母様に視線を移しました。平民であるクラン君にまで手を出しているのなら、早急に手を打たないといけませんね。

当のお母様は、偽エレノア様と別れてからずっと黙ったままですわ。何か考え込んでいるようです。でも、訊かなくてはいけませんよね。

「……それで、お母様。結果はどうでしたの？」

偽エレノア様の言動に関していろいろと疑問はありますが、一番に訊くべきは本物のエレノア様についてでしょう。

本物のエレノア様は存在するのか否か――

「ああ、そのことね。彼女は死んではいないわ」

他に何があるんです？

お母様が何か別のことに気を取られているのはわかっていたので、あえて突っ込みはしませんわ。

「と、いうことは、モドキが乗っ取っているってことでよいのですね」

「そうね」

「放っておくわけにはいきませんね。でも相手は実体のないもの。どう対処したらいいのか……」

ほんと、厄介ですわ。まさか、そんな相手までしなくてはいけないなんて、思いもしませんでした。これもみんな、お父様のせいですわ。

「まぁ、一番手っ取り早いのは、死ぬ直前まで追い込むことね。もしくは、リセットしたいって思い込ませればいいんじゃない」

「リセットですか……？」

その単語、度々、偽エレノア様の口から出ていましたわね。

「お嬢ちゃんは、この世界を現実世界だって思っていないみたいね。玩具の世界だって考えてる。だったら、途中でやめることも可能って考えてもおかしくないんじゃない」

そう言われて、リセットの意味がわかりましたわ。なおさら素直に頷けません。言っている意味はわかりますが。

「玩具って……理解できませんわ」

自分が育ったこの世界を、現実のものじゃないって考えてる思考回路自体が理解できませんわ。普通の神経じゃありえませんもの。憑依されても記憶の共有はしているのでしょ。

「普通、理解できないわよ。する必要もないんじゃない」

お母様はそう言い放ちます。

まぁ、確かに。それなら頭と時間を割くのは無駄ですよね。でも偽エレノア様がそう考えているのなら――

「特に対策を練る必要はありませんね」

「どういうこと？」

リーファが訊いてきました。

「簡単ですわ。偽エレノア様が信じている世界を、ことごとく否定すればいいのです。そうすれば、自分から出ていこうとするでしょう」

「具体的には？」

「今のままでいいと思いますわ。徐々に手足をもいでいけば、やがて我慢できなくなるでしょう」

にっこりと微笑みながら答えます。

でもそれには、ユリウス殿下とレイファ様の協力が不可欠ですわ。

「クラン君もですが、特にユリウス殿下とレイファ様に負担をお掛けしますが、お願いいたします」

頭を下げ頼みます。こちらの厄介事に巻き込むのですから当然ですわ。

「頭を下げる必要はない。セリアの頼みなら、俺は断らない」

ユリウス殿下は微笑みながら引き受けてくれました。

「いいよ。セリアの好きにしたらいいよ」

レイファ様からも心強い言葉をいただきましたわ。

「リーファも、嫌な気持ちにさせると思いますが……」

想像するだけで表情が曇りますわ。できれば親友には、そんな気持ちを抱かせたくありません。

だけど、今回ばかりは絶対絡まれ続けますから、その度に憂鬱な気持ちにさせてしまいますね。

「いいわよ」

苦笑しながらも、了承してもらえましたわ。なんて心強いのでしょう。親友の協力に心から感謝いたしますわ。本当に、この学園に来てよかった。

「ありがとう。皆」

どうかしたのですか？　ユリウス殿下もレイファ様も顔を赤くして。

「でも、実体のないものを追い出す方法はわかったけど、どうやって捕まえるの？　まさか野放しはできないよね。同じことを繰り返されたら嫌だし」

リーファの疑問はもっともです。

「それなら大丈夫よ、リーファちゃん。私に任せて」

お母様がにっこりと微笑みながら答えます。心強いですが、とても怖いですわ。

さて、残るはクラン君の説得ですね。

心底嫌そうな顔したクラン君をスミスが力技で説得し、渋々ですが、あることを頼んでスミスの分も校内を歩いてもらうことにしました。

これで、少しでもユリウス殿下とレイファ様の負担が減ればいいのですけど……現実は、そんなに甘くはありませんでしたわ。

本当に、どっから湧いてくるのでしょう。犬並みに鼻が利くのかしら。それとも耳がいいのかしら。どちらにしても、人間離れしてますわね。

でも、着実に追い詰めていますわ。【無属性魔法】の件がはっきりしましたからね。遠慮はいりません。方針が決まれば早いものです。現に、学院の生徒たちは墓穴を掘りまくっていますから。

「何故、俺が停学処分にならなきゃいけないんだ!!」

怒鳴っているのは、従兄弟のマルティス様。

朝のホームルームが終わった直後、マルティス様と偽エレノア様、取り巻きの数人がS組に突撃してきました。そして一方的に巻くし立てている最中ですわ。

「何故、それを私に仰るのですか?」

私はこの学園の生徒の一人に過ぎませんよ。確かに理事をしておりますが、飾りみたいなものですわ。学園の生徒や先生に関する決定権は持っておりません。この阿呆に言っても、無駄ですけど。

「お前が裏で手を引いてるのはわかってるんだ!!」

「私に決定権はありませんが」

「嘘を吐くな!!」

唾が飛んできそうなので、これ以上近付かないでくださいませ。ほんとに頭の悪い方ですわ。怒鳴っても仕方ありませんのに。そもそも、停学中に他のクラスに来てもいいと思っているのかしら。罰則が加算されるだけなのに。

まぁでもいい機会ですし、早速、腕の一本をもいでおきましょうか。

「嘘など吐いてはいませんよ。そもそも、停学になったのは、自分の日頃の行いのせいではありませんか?　暴言に暴力。他の生徒から多数の苦情があったと聞いておりますが」

「この学園の待遇が悪いからだ!!　平民が貴族の俺より待遇がいいのが、そもそもおかしいんだ」

この男は、まだ貴族や平民などと抜かしているのですか。

「その平民より成績が悪いのは、一体どこの誰でしょうね」

私がそう言うと同時に、あちこちから冷笑が上がります。あまりにも大きな声で怒鳴るから、隣のクラスから覗きにきた生徒もいますね。あっ、私のクラスの担任も見てますわね。空気を読んでいただいて感謝しますわ。

「ひっ……酷いです!! 学校が変わったからできないのは当たり前じゃないですか!! なのに、そんな言い方しなくてもいいじゃないですか。セリア様はとても我儘で意地悪です。そんな人が権力を持つなんて、とても横暴です。悪夢です」

涙を流しながらそう訴える様は、ほんと庇護欲をそそりますね。この場面だけを見ただけなら、私が完全な悪者ですわ。完全に計算された行動は【魅了】がなくても、それなりに男を手玉にとれそうですわ。

「私が一体何を、貴方たちにしたというのです？」

「私たちが気に食わないから、差別をしたじゃないですか」

「差別？　一体どのような？」

「私が元平民だからと、いつも蔑んでいるじゃないですか。皆の前ではそんな素振りを見せずに、裏では平民を蔑んで、虐めているじゃないですか」

この偽エレノア様は何を言ってるのでしょうか。さっき、貴女の取り巻きのマルティス様が、思いっきり、平民を見下す発言をしましたよね。その時、貴女は何も言わなかったですよね。

「そんなことをした覚えはありませんが？」

「嘘ばっかり!!　恥ずかしくないんですか!!」

私の質問には答えず、感情論をぶつけてくる。やり方としてはなかなかですわね。エレノア様の容姿だからできる手ですね。

「具体的に言っていただきたいのですが。まぁ、別に構いませんわ。では、貴女に質問です。私が貴女の言う通り、平民を蔑んでいるのなら、何故私の従者が平民なのですか？」

クラン君が平民なのを知っている人は知っています。

さぁ、返答してくださいな。

「クラン君ね。私、知ってるんだから。セリア様がクラン君を虐めてるって」

やけに自信満々に答えますね。

「虐めた覚えはありませんが。そこまで言うのでしたら、当然、何か証拠でもあるのでしょうね？」

ないとは言わせませんよ。

「証拠ならあるわ」

あると言いましたね。とりあえず片腕だけと考えていましたが、上手くいけば両腕いけるかもしれませんね。

「どのような証拠ですの？」

「私聞いたの。クラン君が貴女に平民だからって虐げられてるって」

やけに自信満々で答えますね。クラン君から聞いたのですか、その耳で。

「そうですか。では、本人に訊くとしましょう。……クラン」

さすがに皆の前です。君は付けませんよ。

私に呼ばれ、クラン君は私の元に来ました。

「お呼びでしょうか。セリア様」

姿を見せたクラン君を見て、パッと表情を明るくする偽エレノア様。そのまま腕を伸ばそうとするのを、一歩下がり避けるクラン君。眉間に皺が寄ってますよ、クラン君。

では、訊くとしましょう。

皆様、少しこの茶番にお付き合いくださいませ。だけどその前に、逃げ道を塞ぎましょうか。

「私、セリア・コンフォートは従者クランの発言を咎めることは一切いたしません。当然、その発言に関わる者たちもです。学園の皆様、証人になってくださいませ」

声高らかに宣言しましたわ。正々堂々と皇女としてね。

そう宣誓したとしても、その言葉に強制力があるわけではありません。私に不利な証言が出る可能性もあるでしょう。だとしても、咎める気はありませんわ。

しかし、その毅然とした姿勢が力になるのです。故に、その言葉に信憑性が増すのです。

「クラン。先程の私の宣誓を聞きましたか？」

「はい」

クラン君は硬い口調で短く答えます。

「では、改めてクランに訊きます。私は貴方に対し虐めたり、蔑んだりしましたか？」

「いいえ。そんなことをされた覚えはありません」

クラン君はきっぱりと否定しました。

当然です。私は平民だからとクランを虐めたり、蔑んだりした覚えは一切ありませんから。

「そんなの嘘よ!!　だって、否定しなかったじゃない」

偽エレノアがそう声を荒らげると、マルティス様を除く取り巻きの数人が、同じように「そうだ」「そうだ」と声を上げています。

【魅了】が掛かってるとはいえ、彼らがコンフォートの貴族だと思うと頭が痛くなりますわ。同時に、恥ずかしくてたまりません。

彼らの存在が、コンフォートの株を下げに下げているのは間違いありません。その償いは、いずれきっちりと受けてもらいますよ。

「呆れ果てて否定しなかっただけです。以前から、何度も否定していたではありませんか」

そう……今回、クラン君に頼んだことの一つが、偽エレノア様たちの言葉を否定しないことでした。曖昧に微笑んでさえいれば、彼らは自分の都合のいいように勝手に解釈してくれますからね。

クラン君が眉を顰めながら答えると、見学をしていた生徒からクラン君を擁護する声が上がりました。

偽エレノア様はいろんな意味で目立つ存在です。同時に、人に記憶されやすい。加えて、クラン君は美形ですからね。なおさら、生徒たちの記憶に残っているでしょう。その時に交わされた会話も記憶されているはず。偽エレノア様の声は大きいですから、特に。

さて、学院の皆様、どういう反応をなさるのかしら。

クラン君の証言を後押しする第三者の証言が出てきましたよ。

「……信じられない」

偽エレノア様の口から出た言葉は意外なものでした。

「何が信じられないのですか？」

思わず聞き返してしまいましたわ。

「そこまでして、クラン君を縛り付けるの。他の生徒を巻き込んで、自分のいいように証言させて、恥ずかしいとは思わないんですか!!　貴女のような人が理事なんて、この学園の恥だわ!!」

本当に、貴女は斜め上をいく方ですわね。さすがの私も、呆気にとられてしまいました。まだ学園内だから罪に問えませんが。

「……ならば、とっとと学院に戻ったらどうだ。こちら側は一向に構わないのだが」

私と偽エレノア様の間に割って入ってきたのは、学園長でした。騒ぎを聞き付けてきたのでしょう。それにしても、はっきり仰いましたね。

さすがに旗色が悪くなったと感じたのでしょう。偽エレノア様はぽろぽろと涙を溢しながら逃げていきましたわ。当然、取り巻きの連中もその場を離れようとしました。その背に向かって、学園長が言い放ちます。

「停学中でありながら、抜け出した者。さらにマイナス一点追加」

当然の処置ですわね。

それにしても、マルティス様たちは気付いていないのかしら。停学になった時点で出席日数が足りなくなるってことに。

つまり、単位取れなくて、留年決定になったってことなんですけどね。ほんと、情けないですわ。曖昧になりましたが、偽エレノア様、覚えておきますわよ。私のことを恥だと仰ったことを――。さすがに、そこまで言われたことはありませんでしたもの。

「フフフ。恥ですか……」

そう呟くと、側にいたクラン君が一歩離れました。何故ですの？

第六章　後始末はキレイにいたしましょう

一か月も経たないうちに、マルティス様を筆頭に停学になった生徒は四人。停学すれすれを入れれば、偽エレノア様を除いてほぼ全員。

一番優秀だったのは、意外にも偽エレノア様のようです。でも、どんぐりの背比べですけどね。ほんと、いろいろな意味で学院のレベルの低さに呆れ果てますわ。これが将来、皇宮で何かしらの職に就くなんて、それこそ恐怖しかありません。早々に手を打ててよかったですわ。

停学になった生徒全員、その旨をその日内に、学院と生徒の家族、そして皇宮宛に通達しました。特急便で叔母様のところにもね。同時に、留年の旨も添えて。当然でしょう。

学院の必須科目の一つとして、学園の研修をと考えましたが、ここまで学院の質が悪ければ考え直した方がよろしいわね。これ以上、恥を晒(さら)すわけにはいきませんからね。

反対に学園出身者を、これから優先的に登用する方向に変更した方がいい気がします。貴族、平民関係なく。まぁ、簡単ではありませんが、そこはお父様にお任せいたしましょう。

お父様への手紙を書き終え、クラン君に封筒を手渡します。偽エレノア様の件の調査報告と、皇宮への登用の件に関してですわ。

「知らされた貴族たちは真っ青ですね」

クラン君は受け取りながら言います。

何だか楽しそうですわね、クラン君。

「確かにそうでしょうね。貴族にあるまじき醜態ですもの。学力不足に教養不足。それだけでも醜態なのに、その上、他の生徒に対しての暴力事件、加えて学園内での不純異性交遊。皇女である私に対しての罵詈雑言(ばりぞうごん)。どれだけあるのかしら」

さすがにこれだけ揃うと、おかしくもないのに笑みが浮かんでしまいますわ。

「それを学院だけでなく、皇宮にも報告したのだから、もみ消すこともできませんね」

特に高位貴族は今まで学院では当然のようにもみ消していたようです。常態化していたのでしょう。今回は通用しませんよ。

「皇宮に報告するのは当然です。学院も学園も皇立なんですから」

これで、取り巻きの親たちは慌てふためき、自分の子供を引き取りにくることでしょう。

その後は再教育か、領地に蟄居(ちっきょ)。数年後は平民か病死でしょうか。まず、表舞台には出ることはできませんね。【魅了】の犠牲者であったことは可哀想な気がしますが、これぱかりは致し方ないことでしょうね。

今学院に在学中の生徒たちにも、大きな釘を刺したでしょう。明日は我が身ですからね。

まぁこれで、偽エレノア様の手足を完全に削ぐことができましたわ。

「それで、偽エレノア様は？」

「学園の生徒にアプローチをしていますよ。無差別に」

「でしょうね」

取り巻きたちがいなくなりましたから、学園の生徒を味方にしようと躍起になっていますわね。それも、彼女が嫌っていた平民まで手を伸ばしましたか。

平民の生徒には魔法具を渡していませんからね。そのことが心配なんでしょう。

クラン君が心配そうに訊いてきます。

「大丈夫でしょうか？」

「大丈夫なんじゃない」

割って入ってきたのはお母様です。

「私もそう思いますわ。偽エレノア様の【魅了】は精神関与レベル。レベル的にはそれほどではありませんからね。元々好意を持っていないと掛かりにくいのです。嫌悪感を持っていれば、まず掛かりませんもんね」

笑みを浮かべながら答えます。

「そうですか。なら、安心しました。あいつらに好意を持っている学生なんていませんからね」

おや。クラン君も負けずに言いますね。その笑顔、スミスに似てきましたね。うちの子らしくなってきました。とても嬉しいですわ。今回一番の功労者はクラン君です。

「その様子じゃあ、あれからお嬢ちゃんの突撃は受けてないようね」

お母様が尋ねます。それは私も気にはなっていました。

「はい。実害はありません。あそこまで否定したら、接触しにくいでしょう。でも、時折、ジッと物陰から見られていますけど」

「何それ？　すっごく気持ち悪いじゃない」

知りませんでした。私もお母様に同感です。

「ええ。病んだ目で。正直、マジに気持ち悪いです」

「そうですか……」

それはそれで、精神にきますね。

偽エレノア様はお姫様からストーカーに転向したのでしょうか？　明らかな転落ですよね。病んだ目というのが、とても気になりますわ。ユリウス殿下とレイファ様にも確認をとっておいた方がいいですわね。

自由に使っていた手足を丁寧にもいだので、行動しようがないと考えていましたし、悪足掻き（わるあがき）でもして現実を知ればいいとも思いましたが、何か不気味なものを感じます。念のために、偽エレノア様の周囲の監視を強化した方がよろしいですわね。

そう考えながら侍女の二人に視線を向けると、スーと一人が消えました。さすが、スミスさんの秘蔵っ子の二人です。優秀ですわ。

そうそう。クラン君には、ボーナスの上乗せをいたしましょう。

『どうして、誰も私に靡かないのよ!! 私を立てないのよ!! この私がわざわざ声を掛けてあげたのよ!! なのに――』

見た目は可愛らしい小動物のような少女が、どこから出ているんだと思うほど低い声で怒鳴りながら、ゴミ箱を蹴飛ばしています。

映像とはいえ、結構派手な音ですわね。壊れてるのではないでしょうか。だとしたら、破壊力も相当ですわね。修理代を彼女の学費にプラスしておきましょう。

でも、さすがですわ。偽エレノア様。ここは生徒がほとんど来ない場所ですもの。そんな場所をわざわざ選んでいるなんて。

校舎から離れてる場所でもありますが、忌まわしい場所でもありますからね、そこは。あの屑王子とソフィアが密会していた場所ですから、誰も近付きません。

「セリア様の仰る通り、誰も引っ掛かっていませんね」

侍女の報告を聞きながら映像の鑑賞会に参加しているクラン君が安心したように言います。私とお母様が大丈夫だと言っても、どこか心配だったのでしょう。

「最悪引っ掛かりそうな生徒がいたら、これを流そうかしら」

一発で目が覚めると思いますわ。

「それは、とても効きそうですね」

そんな日が来ることがないことを願いますが……この映像を流した時の、生徒の反応が見たいと思うのは私だけでしょうか。それほど衝撃的な映像なんですもの。でも、いけませんわ。今は、侍女の報告を聞いているのですから。何でも、少し気になると言ったようですね。

不安を感じたのは確かです。

しかし、彼女の妄言は突拍子のないことばかり。

なのに、監視していた侍女が気になることとは、いったい何なのでしょう。

「問題発言はこの後です」

侍女の言葉に鑑賞会に参加していた全員が映像に視線を戻します。

『どうして、あの偽物が大きな顔しているのよ!! あの平民が!! 私が本当の皇女なのに』

………………はい?

何を言ってるのでしょう……？

完全に理解不可能ですわ。私が平民……？ 偽エレノア様がいえ、この場合はエレノア様自身が皇女だと、あの偽エレノア様は言っているのですよね……

「……あら、おかしなことを言ってるわね。この娘。まるで、私の子があの子のような言い草よ」

まるで気にしないような、サバサバした明るい声なのに、恐怖を感じているのは私だけでしょうか？ いえ、違いましたね。皆、さり気なく部屋の隅に避難していますわ。クラン君は逃げ遅れて、机の下に隠れてますけど。

私はショックで完全に逃げ遅れましたわ。隣を向くのが怖いです。冷や汗が止まりません。

お母様は私をソッと抱き寄せます。もうされるがままです。私の頭を撫で撫でしながら呟きました。普段はそんなことしないのに。

「……こんなに、私とあの人に似ているのにね。それとも、私が知らないところでいたりするのかな。セリア、どう思う？」

高濃度の魔力で凝縮された部屋の中で、お母様は私の頭上で訊いてきます。

「私はお母様とお父様の子供ですわ。お父様はお母様を愛しています。お母様以外の女性とそんな関係になったりはしませんわ」

こちらは必死です。でも嘘も慰めも申してはいません。

「そうよね。あの人が私以外の人間とそんな関係になるなんてありえないわ。でもね、セリア。絶対なんてこの世にないのよ」

確かにそうでしょう。この世に絶対はありえませんが……あのお父様に限っては……

「ないとは言えないわよね」

お母様はそう言うと私から離れました。そしてニッコリと笑いながら、

「確かめてくるわ」

と言い残して姿を消しました。途端に霧散する魔力。

行き先は決まってますわ。お父様がいる皇宮ですね。

合掌ですわ。とんだ流れ弾ですわね、お父様。

しかし、映像はまだ続いています。

『……こんなの、私が夢見た世界じゃない。絶対に修正してやる。絶対に。セリア・コンフォート。あんたを私の足元に平伏せてやる。絶対に許さない。この世界を穢したあんたをね』

それは紛れもなく、私に対する怨嗟の声でした。ここまで追い詰めても、まだ打破する手があるというのでしょうか？

「……どういたしましょう？」

スミスが訊いてきます。処理しましょうか？　という副音声がはっきりと聞こえましたわ。本心ですわね。

「そうね……どうやら、私が希望していた方向とは真逆に進みだしたようですね。不愉快ですが、私たちはあの偽エレノア様に振り回されていますし」

認めたくありませんが。

現にお母様は、嬉々としてお父様のところに行ってしまいましたしね。別に行くのは構いませんのよ、夫婦ですもの。だけど、あの偽エレノア様の言葉で戻ったのが不愉快ですの。

そもそも、手足をゆっくりもいで、現実逃避させるつもりでしたのに、それが妙な闘争心を燃やさせる結果になりましたわ。あの怨嗟の声がまさにそうです。思い通りに動かないのが人ですもの、仕方ありませんわね。まぁ結果的に、希望する方へと誘導しますけどね。

スミスが提案してきました。

「いっそうのこと、死の恐怖を味わわせてやればよろしいのでは？」

確かに、お母様が提示した方法の一つにそれもありましたわね。簡単で手っ取り早く、確実な方法ですわ。

「……不服ですか？」

頷かない私に、スミスが重ねて訊いてきます。

「それでは、おもしろくないでしょう。あの偽エレノア様は、本物のエレノア様の体を不法に占拠し続けていますわ。今もね。ましてや、禁忌魔法である【魅了】の乱用。それだけで、本来なら死刑ですわ。でもね……本物から偽物を引き離し、その魂を封じたとしても、それは死刑と呼べるのかしら。ただ、入れ物がなくなっただけで、魂自体は損傷を受けてはいませんわ」

違うかしら？

隣に控えるスミスを見上げれば、彼にしては難しい表情をしていました。私だからわかるぐらいの違いですが。

難しいことを言ってるのは、自分でもわかっていますわ。

私がわざわざ手の込んだ作戦を選んだのは、時間を稼ぐためですわ。その間、偽エレノア様に屈辱を味わわせるつもりでした。しかし、途中まで上手くいってましたのに、最後はさらに反抗心に火を点ける結果になってしまいましたわ。難しいですわね。

「スケルトンのように聖魔法で滅することもできますが……それでは、簡単過ぎますわね」

「それに、おもしろくない」

その通りですわ、スミス。にっこりと微笑みます。

「実はね、新しい魔法陣の構築をお母様と一緒にしていましたの」

本物のエレノア様の魂が眠っていると知った時に思い付きましたの。お母様もしばらく協力してくれると言っていましたしね。

「新しい魔法陣の構築ですか？」

スミスだけではありませんね。侍女もクラン君も興味津々です。スミスと侍女は顔には出てませんが、クラン君は完全に顔に出ていますね。こちらも楽しくなってきましたわ。

「ええ。それはね、【呪い】よ」

「呪いですか？」

微妙な表情をされましたわ。もっと興奮してもらえると思いましたのに、残念ですわ。とても残念です。

「霊体にですか？」

クラン君が訊いてきます。

「もちろん霊体に決まってますわ」

ますます妙な表情をしていますわね。そんなにおかしなことを言ったかしら。首を傾げてしまいましたわ。

「霊体に【呪い】を掛けてどうするのです？　そもそも、霊体自体がすでに呪われたものではありませんか？」

なるほど、皆が妙な表情をした理由がわかりましたわ。

生あるものが死ぬと、大概のものは輪廻の渦に吸い込まれます。渦に弾かれるのは、輪廻の枠から外れたもの。

すなわち、この世に余程の未練があるか、多大なる憎しみを抱いているか。反対に抱かれているのか。

どちらにせよ、弾かれた時点で、その存在自体がいわゆる【呪い】に掛かった存在になります。

そしてそれらは、やがて魔物へと変化する。スケルトンの効果がそのいい例ですね。魔の森から出現するだけではありませんの。

つまり、呪われた存在にさらに【呪い】を上掛ける意味が理解できなかったのでしょう。

「私とお母様が考えだした【呪い】は、制約ですわ」

「制約ですか？」

クラン君をはじめ皆、首を傾げます。

「そう。制約。偽エレノア様を元の世界に強制的に戻し、二度とこの世界に来られないよう、その魂に制約を掛ける。偽エレノア様にとっては立派な【呪い】でしょ」

にっこりと微笑みながら教えてあげました。

お母様がコンフォートに戻って三日。

偽エレノア様はおとなしくしておりますわ。不気味な程に。

侍女の報告では、取り憑かれたかのように小さな声でブツブツと独り言を呟いているとありました。何かとんでもないことをしでかすような気がして、ほんと不気味ですわ。

私がここまで偽エレノア様を警戒するのは、彼女が持つ知識です。この場合は記憶と言った方がいいかもしれません。

この世界を玩具の世界だと信じている、偽エレノア様の記憶は虚実入り混ざっています。通しで聞けば、ただの妄想でしかありません。

ですが、一部を切り取って聞けば、この世界でごく一部の人しか知らない重要なことを知っていると認めざるを得ません。私が知らないことも知っているかもしれない。あくまで可能性の話ですが、ないとは断言できないのです。

そもそも、私が偽エレノア様を警戒するきっかけは、彼女が発した言葉でした。それさえなければ、これ程警戒することはなかったでしょう。

『黒炎の魔女』――

多くの人は昔話の中の登場人物だと思っています。もしくは、遠い昔にいたかもしれない、その程度の認識しかありません。

でも、私とお母様の前で偽エレノア様ははっきりと断言しました。

私が闇落ちして、黒炎の魔女になると――。まるで、その魔女を見てきたかのように。

黒炎の魔女、そう彼女が呼ばれるきっかけは、何者をも凌駕する魔力量と冷酷な性格。そして、彼女が操る炎の色。諸説ありますが、容姿からそう呼ばれるようになったと聞いたことがあります。

綺麗な黒髪と黒い瞳。もう誰かわかりますよね。お母様ですわ。

お母様が黒炎の魔女ということを知っているのは、極々わずかな人物だけです。最重要機密事項なのです。

本人とその娘を前にして、一貴族子女である偽エレノア様ははっきりと断言したのです。私が黒炎の魔女になると。

ほんと、考えることが多過ぎて溜め息が出ますわ。まだ成人前の身なのに。まぁ、考えても答えなんて出ないんですけどね。

捕まえて無理矢理、記憶を引き出そうとは考えていません。考えていたら、新しい魔法陣を構築したりしませんよね。この世には知らなくてもいいことがあるのですよ。身の程はわきまえないといけませんわ。ちょっとした好奇心が破滅を導くこともありますからね。

それはそうと、そろそろお母様を迎えに行かなければいけませんね。偽エレノア様の件がなければ、絶対放置なんですけどね。

あ〜澄み切った空が眩しいですわ。どこまでも飛んでいける鳥って、自由でいいですわね。

少し現実逃避してしまいました。わずか一、二分ですが。

耳たぶに装着していた魔法具が少し震えました。誰かが通信してきたようです。渡している人は限られているので、侍女かリーファでしょう。

側にいたスミスに視線を向けると軽く頷きます。どうやら、スミスのところにもきたようですね。ならば、侍女ですわね。私は頷くと魔法具をＯＮにしました。

『もしもし』

『セリア様。お仕事中、申し訳ありません』

やはり侍女からでした。その声はいつもと変わりません。

しかし、監視中に侍女が連絡をいれてきたことなど今までなかったので、私たちの間に緊張感が走ります。いつの間にか、もう一人の侍女やクラン君まで側に来ていました。

『それは構いません。何かありましたか？』

『今すぐ、北の塔までお越しいただけますか。偽エレノア様とマルティス様が地下に潜るようです』

北の塔に⁉

やっぱりしでかしましたわ。それもとんでもないことをね。

『今すぐ向かいます。貴女はそこで待機を。決して中には入ってはいけません。わかりましたね』

念を押しながら控えていた侍女に視線を向けると、察した侍女は頷き部屋を出ていきました。学園長を呼びに行ったようです。私たちだけで北の塔に入るのは避けたいですからね。

『畏まりました』

通話先の侍女の声を聞き、私は一旦通信を切りました。

そのまま私は魔の森用のローブを羽織り愛用の剣を確かめ、スミスとクラン君に指示します。

「二人とも今すぐ戦闘に備えなさい。整い次第北の塔に向かいます」

偽エレノア様とマルティス様の実力では、北の塔を攻略することはまず無理でしょう。しかし、万が一ということがあります。

言いようのない不安を振り払うように、私は北の塔に急いで向かいました。

塔に先に着いていた侍女と落ち合います。

まだ学園長は来ていないようですね。仕方ありません、これ以上は待てませんわ。偽エレノア様とマルティス様の命が掛かっています。中に入りましょう。

「行きますよ」

慎重に扉を開けます。罠があるかもしれませんからね。

幸いなことに、罠はありませんでした。中に入った途端、鉄の錆びたような独特な臭いが鼻を突きます。

この場にいる全員、その臭いが何なのか瞬時にわかりました。慎重に、かつ急いで臭いがする方に向かいます。

目の前には、地下に続く石の螺旋階段。底は見えません。

肌がチリチリとします。間違いなく下に、魔物がいますわ。それも、かなりクラスが高いモノが――

私は同行している皆に視線を合わし頷くと、階段に足を掛けました。

できる限り音を立てないように下りていきます。同時に、鉄の錆びた臭いも段々強くなっていきます。

しばらく下りた時でした。

魔物の咆哮が塔に響きました。お腹の奥まで響くような叫びです。

そこには腕を食い千切られた偽エレノア様が、壁には血塗れのマルティス様が転がっています。

長い咆哮を終えた魔物は、獲物を弄ぶようにゆっくりと偽エレノア様に近付きます。

「危ない!!」

そう私は叫ぶと飛び降りました。背後から、クラン君の悲鳴が聞こえます。

落下しながら、私は巨大な氷柱を魔物に向けて放ちます。一度だけでなく、何度も。

防御力が高い!!

当たっているのに、ダメージは少ない。

でも、これ以上の威力の魔法を放つと、塔が崩壊する可能性があります。厄介ね。

【風魔法】で落下の衝撃を緩和すると、偽エレノア様と魔物の間に立ちます。

魔物の目が完全に私に移りました。

それでいいですわ。

魔法だけで倒せないのなら、物理攻撃を組み合わせればいいだけのこと。

追いついたスミスたちは、偽エレノア様とマルティス様の治療を始めています。念のために持ってきていたポーションを飲ませました。これで、二人の命は大丈夫ね。

なら、私がやるべきことは一つ。目の前の魔物を倒すだけ。

改めて、私は双剣を握り直します。

「……滅多に使わない技だけど」

ニヤリと笑いながら呟くと、愛剣の刃が青白く光出します。

「魔法剣……」

　正解ですわ。クラン君。

「……本当に、お母様が戻ってきてくれて助かりましたわ」

　心底そう思います。でないと、私は偽エレノア様の魂を取り逃がすところでした。

取り逃がせば、エレノア（モドキ）はどこかで、今回と同じことを繰り返す可能性がありましたもの。彼女のユリウス殿下への執着は常軌を逸していましたからね。そうなると、とても厄介でしたわ。本物のエレノア様と同様の被害者を、これ以上生みたくはありません。

　それにしても、無事エレノア様を救うことができてよかったですわ。規則的な寝息をたてている少女に、私は心から安堵（あんど）します。

　トラップの一つである門番の魔物に喰われた傷は完全に塞（ふさ）がり、欠けた腕は再生しています。だけど、血が流れ過ぎましたわ。さすがに、失った血液までは再生できません。意外に思われますけど。魔法は便利ですが、万能ではありませんの。

　まだまだ予断は許しませんが、とりあえず、一つの山は越えましたわ。後は目を覚ましてくれればいいのですが……

「間に合ってよかったわ。戻ったら誰もいないんだもの。セリアの魔力を追って正解だったわ。……浮かない顔をしてるわね、セリア。貴女がやれることは精一杯やったわ。マルティスもどうにか助かったようだし」

お母様にそう言われても、素直に喜べませんでした。

マルティス様はどうでもいいです。自業自得ですから。北の塔に何が封印されているか知らないとはいえ、立ち入り禁止になっている場所に、自分の意思で足を踏み入れたのです。放校されるでしょう。その後は、私の知るところではありません。それをいうなら、偽エレノア様も同じです。

元の世界に戻った魂がどうなるかなど、私の知る由もないことです。ただ……エレノア様のような不幸が再び起きないように、手は打たせてもらいましたけどね。具体的にいうと、彼女が入れる肉体は自分のものだけに限定したのです。ただそれだけですわ。元の世界に帰っても、肉体が残っているかどうかはわかりませんけどね。これが【呪い】のようなものですわね。

お母様と一緒に構築していた魔法陣を二人で無事起動させ、偽エレノア様の魂を切り離し、元いた世界に戻すことに成功した後、残ったのは、虐げ続けられていた血塗れのエレノア様でした。

彼女には罪はありません。罪を犯したのは偽エレノア様です。なので、今のエレノア様に罪を問おうとは考えておりません。

しかし、現実はそんなに甘くはありません。完全な無罪とはならないでしょう。悪魔憑きとごまかしても。いろんな意味で悪目立ちし過ぎましたわ。マルティス様と同様、放校と決まっています——表向きは。

肉体の損傷や傷は魔法でいくらでも治せます。しかし、魂の傷は魔法では治せません。

五年以上、抑圧され続けていた魂がどれ程傷付いているのか、私にもお母様にもはかりしれません。なので、無事目を覚ましてくれるのかどうかも正直わからないのです。

ただ……目を覚ましても、待っているのは厳しい現実ですわ。魂が覚えていなくても、肉体が覚えていることもありますからね。それに、保護してくれる両親も亡くなっているようですし、親戚もいないようですわ。これから先、エレノア様は一人で生きていかなくてはいけません。

ふと……思います。

このまま眠り続ける方が、エレノア様にとっては幸せなのではないかと。

それとも、厳しい現実が待っていても、目を覚ました方が幸せなのか……

正直、今の私にはわかりません。わかりませんが、目を覚ましてほしいと願うのは、私の身勝手な我儘(わがまま)でしょうか。

「それは、私にもわからない。でも、私もそう願っているわ」

そう思うのは私だけではないと、お母様は言ってくれました。とても心強いですわ。

気持ちは嬉しいですが、当たり前のように人の考えを読んで答えるのはやめてもらえませんか、お母様。文句を言いたいのはやまやまですが、今回はやめておきます。

だから、もう少し、このまま側にいてくれませんか。

三日振りに学園に登校すると、待ち構えていたリーファたちに捕まりましたわ。同じクラスですもの、簡単に捕まりますよね。

それにしても、皆良い笑顔ですね、リーファにレイファ様。双子なだけにそっくりですわ。ユリウス殿下も。だけど、何故か三人共目が全然笑ってません。

どうしてでしょう。何か気に障ることをしたかしら。

「「おはよう、セリア」」

その表情のまま、リーファとレイファ様に挨拶(あいさつ)されました。

「おはよう。セリアがいない三日間は寂しかったな」

それはどういう意味でしょう、ユリウス殿下。たった三日ですよ。意味がわからないままですが、

「おはようございます」と皆に挨拶(あいさつ)しましたわ。

すると、ユリウス殿下は苦笑しながら、私に頭に手を伸ばしてきました。あまりにも自然な動作でしたので、反応が遅れてしまいましたわ。が、その手は私には届きませんでした。レイファ様がその手を、やや乱暴に叩き落としたからです。

一応主君ですよね、いいんですか？　少し心配になります。でも、この二人なら大丈夫ですね。

「ユリウス殿下、ズルいですよ。僕も寂しかったんですから」

現に、ユリウス殿下に堂々と文句を言っていますし。特にユリウス殿下も怒ってる様子はありません。そんな二人の関係性を、ちょっと羨(うらや)ましいなと思ってしまいます。

そんなことを考えているうちに、朝のホームルームが始まりました。そして終わった途端、そのまま連行されましたわ。魔法具製作室に。後で報告するつもりだったので、別に構わないんですが。

侍女が淹(い)れてくれたお茶を飲みながら、三日前に起きたことから話し始めました。

皆、黙って聞いています。

「……そんなことがあったのね。学園にいないから何かあったとは思ってたんだけど。まさか、聖

石を盗もうとしたなんて。馬鹿にも程があるわ‼　あれがなかったら、結界が張れないのに。平民でも知ってることよ。いったい何を考えてるの。で、エレノアさんは目を覚ましたの？」

前半リーファは怒りながら、後半は心配そうな表情で尋ねます。私は軽く首を横に振ります。

「いいえ。まだ……」

私の声も自然と沈んだものになります。

「両親も、帰る故郷もないと聞きました。だったら……このまま戻らない方が、彼女にとっては幸せなのでは」

レイファ様の仰ることは理解できます。このまま目を覚まさない方が、辛くない人生を送れることも。でもそれは……

「それでは、生きていることにならんだろ？」

ユリウス殿下の言葉に、思わず私はまじまじと見詰めてしまいました。

「どうした？　セリア」

何故か少し顔を赤らめながら、ユリウス殿下が訊いてきます。

「いえ、私も同じことを考えていたので、驚きましたわ」

「俺と同じことを……」

ますます顔の赤みが濃くなっていきます。

熱でもあるのでしょうか。でしたら、早く話を終わらせませんと。そう考えていた時でした。

「ご心配なく、セリア様。ユリウス殿下の体調は万全ですから」

耳元でスミスが囁きます。

その声は当然皆にも聞こえていて。ユリウス殿下は軽く咳き込みながら答えます。

「俺は大丈夫だ」

スミスの言う通り大丈夫そうですね。良かったですわ。

「確かに、レイファ様の仰る通り、目を覚まさない方が辛い思いをしなくてすむでしょう。でもそれは同時に、人としての幸せも喜びも味わえないことになりませんか？　それはある意味、不幸せに思えるのです」

他人だから言える台詞だと、重々承知しておりますわ。それでも、私はエレノア様に目を覚ましてほしいのです。

「……そうね。これればかりは答えなんて出ないわね」

「そうですね。リーファ……」

重い空気になりましたわ。

その空気を変えるように、リーファが偽エレノア様のことを訊いてきました。

「で、偽エレノアはどうしたの？　セリアのことだから、普通に帰したわけじゃないでしょ」

何か引っ掛かるような訊き方ですわね。まぁ、リーファの言う通りですけど。

「ええ。特別に【呪い】を付加しましたわ」

やっぱり皆、微妙な顔になってますわ。あっ、違いましたね。レイファ様だけが、顔が輝いていますす。レイファ様、魔法大好きですものね。説明にも力が入りますわ。

「魂に【呪い】ですか!?」

「はい。【呪い】というよりは、制限と言った方が適切かもしれませんが。偽エレノア様にとっては、それは【呪い】でしょうね」

「制限ですか……？　もしかして、戻る体を限定したということですか？」

「さすがです、レイファ様!!　いきなり、正解が出ましたわ」

まさか、一発で当たるとは思っていませんでした。興奮しますわ。

「ちょっと待って。魂が戻る体を制限？　そんなことができるの？」

リーファが訊いてきました。その質問はごもっともです。

「さすがに、赤の他人の体はできませんよ。でも、自分の肉体なら可能ですわ。本来、魂と肉体は紐のようなもので繋がっていますもの」

「しかし、一度切れたものを繋ぎ合わせることはできないのでは？」

「ええ。さすがに、それはお母様でも無理ですわ。神様じゃありませんもの。ただ……」

「ただ……？」

焦らします。レイファ様は身を乗り出して先を促します。そんなレイファ様の肩を、ユリウス殿下は掴み再び座らせます。

「顔が近過ぎだ」

「だから何です。今は大事な話をしているのです。邪魔をしないでください」

途中で水をさされたレイファ様はおかんむりです。もちろん、私もですわ。

「そうです。邪魔をしないでくださいませ」

その時、確かに見えました。ユリウス殿下の頭に獣耳があるのを。その耳は前に垂れていました。

それを見て、可愛いと思ったのは内緒です。

エピローグ　学園の立て直しはこれからです

マルティス様とエレノア様の退学処分が正式に決まり、二人は昨日学園を放校になりましたわ。

最後まで、マルティス様は抵抗して暴れてましたけどね。自分は無実だと叫びながら。無実という言葉の意味を知っているのかしら。

最後まで瀕死の怪我を治したお礼は一言もありませんでしたわ。見兼ねた侍女が額を床に押し付け謝らせようとしましたが、見苦しいのでやめさせました。本当に見苦しかったので。

【魅了】に掛かっていたとはいえ、いろいろやらかしましたね。

極めつきは、北の塔の侵入です。

何故、聖石を盗もうとしたのか。理由は最後までわかりませんでしたが、魔物の侵入を防ぐ結界を破壊しようとしたのです。絶対に許される行為ではありませんわ。学生じゃなかったら、炭坑行きか死刑ですよ。実刑を問われなかっただけでも良しとしなさい。なのに、最後の最後まで、マルティス様はマルティス様でしたわ。あれと血が繋(つな)がってるなんて、恥でしかありません。

そうそう、前もって関係者に連絡はいれたのですが、マルティス様を迎えにくる者は誰もいませんでしたわ。

送られてきたのは勘当を記した書状だけ。それ一枚と、わずかなお金だけで放逐されましたわ。

偽りだったかもしれませんが、愛を貫いた結果、マルティス様は全てを失いました。

これからは、ただのマルティスとして生きていかねばなりません。

まぁ、妥当な決断でしょう。私としては甘いと思いますけどね。お父様の決定に口を挟めませんわ。あっでも、北の塔の修復費は当然請求いたしましたわよ。支払ったのは伯爵家だったとか。

借金を背負うことなく追放って、つくづく甘いとは思いますが、マルティスにとっては何よりも辛いものになるでしょうね。あれだけ蔑んでいた平民になるんですもの。あのプライドだけが高い馬鹿男が平民として土にまみれ、汗水を流しながら働けるかしら。生きていけるのかしら。賭け事はしませんが、もし賭けるなら、無理な方に全財産賭けますわね。賭けが成立するとは思いませんけど。

私自身は【時魔法】を持ってはいませんが、予言します。

近いうちにマルティスは町で揉め事を起こすでしょうね。被害者か加害者かはわかりませんが。もし加害者なら、その時は犯罪者として裁かれるだけですわ。どちらにせよ、ロリコン教師と同様しばらく監視が必要ですね。

そうそう、これは余談ですが、酒場で私の悪口を盛大に吠えていたロリコン教師、あの後、ボコボコに殴られたところを発見されたようですわ。誰に殴られたんでしょうね。その後はどうなったかは知りません。

エレノア様については……少し細工をいたしましたわ。

だって、まだ目を覚ましていないエレノア様を放校なんて人の道に外れた行為ですわ。それにこれ幸いと、エレノア様を狙う者が出てくるかもしれませんからね。

というわけで、エレノア様に変化した侍女が代わりに放校処分を受け、適当な場所で姿を晦ましました。結構な数釣れたようです。後できちんと調べておきましょう。それにしてもほんと、いろいろなところで悪目立ちしていましたね。偽エレノア様は。苦笑しか出ませんわ。

大隊長と相談して、コンフォ伯爵領の田舎の静養所でエレノア様を保護するつもりでしたの。私も定期的に様子を見にいけますからね。だけどお母様が自分に任せてほしいと仰ったので、任せることにしましたわ。お母様の庇護下が一番安全で静かですからね。

その間に、私もエレノア様の新しい戸籍と名前をこっそり用意しませんと。住む場所はお母様が用意するでしょう。

エレノア様が目を覚ました時、彼女の新しい人生が始まるのですわ。

あっ、そうそう忘れてましたが、二人がいなくなったことで、学院の生徒たちは急に大人しくなりましたわ。

わずかに残っていた生徒も、皆逃げるように学院に戻っていきました。全員、単位は取れなかったので留年決定ですわ。といっても、実際に学院に戻れる者は極々少数でしょうけどね。大半は領地に押し込められるか、平民になるかの二択でしょう。数年後はわかりませんが。どちらにせよ、無事卒業できたとしても、一生、表舞台に出ることはありませんわ。

初めはどうなるかと思いましたが、彼らのおかげでいかに学院のレベルが低いか知らしめることができました。

学園に転校したい旨の問い合わせがあちらこちらから来ていると聞きましたし、結果的に成功と言えるでしょう。それにしても、皆様素早い身のこなしですね。こちらとしては、大歓迎ですわ。

ただし、実技に関しても編入試験を受けてもらいますよ。下手したら、学年を落としての編入になるかもしれませんが、それでもよろしければどうぞお待ちしておりますわ。

ただ、恋愛に身を焦がすのはご自由ですけど、それに溺れ過ぎて道を外さぬようにだけお願いいたします。

これ以上の面倒事は嫌ですよ。時間もありませんし。学園の運営にも関わってきますからね。それでなくても、不祥事が続けて起きているんですから、私が理事になって学園の質が下がったなんて言われたくはありませんわ。

そう思っていた私が、恋愛など小説の中だけの世界でいいと思っていた私が、まさか、愛に身を焦がすことになるとは、誰が想像したでしょう。

一番信じられないのは、私自身ですわ。

私が誰と恋に落ちるのか、それはまた次の機会に。

新＊感＊覚ファンタジー！

レジーナブックス
Regina

冷酷王子、孤独な王女を溺愛中!

望まれない王女の白い結婚
…のはずが
途中から王子の溺愛が
始まりました。

屋月(やづき) トム伽(か)
イラスト：紅茶珈琲

隣国王太子の第二妃として嫁ぐことになった、王女フィリス。冷血だと噂の彼は、いきなり「形だけの結婚だ」と宣言してきた！　どうやら王太子はフィリスのことが嫌いらしい。さらに追い討ちをかけるように、侍女たちからも虐げられる始末。辛い生活のなかで、全てを諦めていたのだけれど……そんな彼女に救いの手を差し伸べたのは、フィリスを毛嫌いしているはずの王太子で——⁉

詳しくは公式サイトにてご確認ください。
https://www.regina-books.com/

携帯サイトはこちらから！ 

新＊感＊覚ファンタジー！

レジーナブックス
Regina

完璧令嬢、鮮やかに舞う!

華麗に
離縁してみせますわ！

白乃いちじく（しろの）
イラスト：昌未

父の命でバークレア伯爵に嫁いだローザは、別に好き合う相手のいた夫にひどい言葉で初夜を拒まれ、以降も邪険にされていた。しかしローザはそんな夫の態度を歯牙にもかけず、さっさと離縁して自由を手に入れようと奮起する。一方で、掃除に炊事、子供の世話、畑仕事に剣技となんでもこなす一本芯の通ったローザに夫エイドリアンはだんだんと惹かれていくが……アルファポリス「第 14 回恋愛小説大賞」大賞受賞作、待望の書籍化！

詳しくは公式サイトにてご確認ください。
https://www.regina-books.com/

携帯サイトはこちらから！ 

新＊感＊覚ファンタジー！

Regina レジーナブックス

愛されすぎて才能開花!?

悪役令嬢の次は、召喚獣だなんて聞いていません！

月代雪花菜（つきしろ きらず）
イラスト：コユコム

家族や婚約者に冷遇され、虐げられてきた令嬢ルナティエラ。前世の記憶を取り戻すも運命を変えることはできず、断罪シーンを迎えたのだが——あわや処刑という時、ルナティエラは謎の光に包まれ、別の世界に召喚されてしまった。彼女を呼んだ異世界の騎士リュートはとある理由からルナティエラを溺愛する。そんな彼と過ごすうちに、ルナティエラは異世界で能力を開花させていき——!?

詳しくは公式サイトにてご確認ください。

https://www.regina-books.com/

携帯サイトはこちらから！ 

新＊感＊覚ファンタジー！

レジーナブックス
Regina

もふもふは私の味方！

神獣を育てた平民は
用済みですか？
だけど、神獣は国より
私を選ぶそうですよ

黒木　楓（くろき かえで）
イラスト：みつなり都

動物を一頭だけ神獣にできるスキル『テイマー』スキルの持ち主ノネット。平民である彼女は、神獣ダリオンを育て上げたことで用済みとして国外追放されてしまう。するとノネットを慕うダリオンが彼女を追って国を捨て、祖国は大混乱！　そんなことは露知らず、ノネットはずっと憧れていた隣国の王子のもとへ向かい……隣国での愛されもふもふライフは思わぬ方向に!?　祖国で蠢く陰謀に、秘められたテイマーの力が炸裂する痛快活劇！

詳しくは公式サイトにてご確認ください。
https://www.regina-books.com/

携帯サイトはこちらから！

新＊感＊覚 ファンタジー！

レジーナブックス
Regina

規格外ポーション、
お売りします！

転移先は薬師が少ない世界でした1～6

饕餮（とうてつ）
イラスト：藻

神様のうっかりミスのせいで、異世界に転移してしまった優衣。そのうえ、もう日本には帰れないという。神様からお詫びとして薬師のスキルをもらった彼女は、定住先を求めて旅を始めたのだけれど……神様お墨付きのスキルは想像以上にとんでもなかった！　激レアチート薬をほいほい作る優衣は、高ランクの冒険者や騎士からもひっぱりだこで――？

詳しくは公式サイトにてご確認ください。

https://www.regina-books.com/

携帯サイトはこちらから！ 

勤め先が倒産し、職を失った優衣(ゆい)。そんなある日、神様のミスで異世界に転移し、帰れなくなってしまう。仕方がなくこの世界で生きることを決めた優衣は、神様におすすめされた職業“薬師”になることに。スキルを教えてもらい、いざ地上へ!　定住先を求めて旅を始めたけれど、神様お墨付きのスキルは想像以上で——!?

アルファポリス 漫画　検索

ISBN978-4-434-29287-3
B6判 定価:748円(10%税込)

〔原作〕ナカノムラアヤスケ
〔漫画〕文月路亜
RC Regina COMICS
転生ババアは見過ごせない！
元悪徳女帝の二周目ライフ
1
アルファポリスWebサイトにて好評連載中!!!
待望のコミカライズ!!
大好評発売中！
恐怖政治により、国を治めていたラウラリス・エルダヌス。彼女の人生は、勇者に討たれ幕を閉じた。──はずが、三百年後、少女の姿で元女帝が大復活!? 自らの死をもって世界に平和をもたらしたラウラリスを称え、神様が人生やり直しのチャンスをくれたらしい。第二の人生は平穏気ままに暮らしたいが、いつの世にも悪い奴らはいるもので……
元悪徳女帝が少女に転生!?
悪党を薙ぎ払う最凶少女、降臨!!
アルファポリス 漫画 検索
ISBN：978-4-434-29747-2
B6判／各定価：748円（10%税込）

原作 波湖真
Makoto Namiko

漫画 青神香月
Kaduki Aogami

1

Moumoku no
Koushakureijo ni
Tensei simasita

盲目の公爵令嬢に転生しました

大好評
発売中!

待望のコミカライズ!

ある日突然ファンタジー世界の住人に転生した、盲目の公爵令嬢アリシア。前世は病弱でずっと入院生活だったため、今世は盲目でも自由気ままに楽しもうと決意!ひょんなことから仲良くなった第五王子のカイルと全力で遊んだり、魔法の特訓をしたり……転生ライフを思う存分満喫していた。しかしアリシアの成長と共に不可解な出来事が起こり始める。この世界は、どうやらただのファンタジー世界ではないようで……?

◎B6判 ◎定価:748円(10%税込) ◎ISBN 978-4-434-29749-6

アルファポリスWebサイトにて好評連載中! アルファポリス 漫画 検索

アルファポリス
Webサイトにて
好評連載中！
RC
Regina
COMICS
原作 園宮りおん
漫画 上原 誠
元獣医の令嬢は
婚約破棄されましたが、
もふもふたちに
大人気です！
1〜2
元獣医の動物オタク転生ファンタジー
待望のコミカライズ！
公爵令嬢・ルナに転生した獣医の詩織。王太子と結婚するはずが、ある日突然、婚約破棄・国外追放されてしまう！　だけど見たこともない動物のいる世界で彼らに会うことをずっと夢見ていたルナは、もふもふに出会う旅に出られるとウキウキ！そして訪れた獣人の国で、動物を犠牲に私腹を肥やす悪党がいることを知ったルナ。「もふもふを傷つける奴は許さない！」とチートスキルをフル活用して事件解決に動き出し――？
異世界はトラブルだらけ!?
もふもふ&獣人たちと
不思議な力でざまあします！
大好評発売中！
＊B6判　＊各定価：748円（10%税込）
アルファポリス 漫画
検索

RC
Regina COMICS
アルファポリスWebサイトにて好評連載中！
転生令嬢は庶民の味に飢えている
1〜3
原作✦柚木原みやこ
Miyako Yukihara
漫画✦住吉文子
Yukiko Sumiyoshi
大好評発売中！
待望のコミカライズ！
公爵令嬢のクリステアは、ある物を食べたことをきっかけに自分の前世が日本人のOLだったことを思い出す。それまで令嬢として何不自由ない生活を送ってきたけれど、記憶が戻ってからというもの、「日本の料理が食べたい！」という気持ちが止まらない！　とうとう自ら食材を探して料理を作ることに！　けれど、庶民の味を楽しむ彼女に「悪食令嬢」というよからぬ噂が立ち始めて――？
＊B6判　＊各定価：748円（10％税込）
転生令嬢は庶民の味に飢えている 3
粉もん おせち 焼肉丼…
なつかしの味でお腹、満タン!!
アルファポリス
アルファポリス 漫画
検索

この作品に対する皆様のご意見・ご感想をお待ちしております。
おハガキ・お手紙は以下の宛先にお送りください。

【宛先】
〒150-6008 東京都渋谷区恵比寿4-20-3 恵比寿ガーデンプレイスタワー8F
（株）アルファポリス　書籍感想係

メールフォームでのご意見・ご感想は右のＱＲコードから、
あるいは以下のワードで検索をかけてください。

ご感想はこちらから

本書は、「アルファポリス」（https://www.alphapolis.co.jp/）に掲載されていたものを、
改稿、加筆のうえ、書籍化したものです。

婚約破棄（こんやくはき）ですか。別（べつ）に構（かま）いませんよ

井藤 美樹（いとう みき）

2021年 12月 31日初版発行

編集－桐田千帆・森順子
編集長－倉持真理
発行者－梶本雄介
発行所－株式会社アルファポリス
〒150-6008 東京都渋谷区恵比寿4-20-3 恵比寿ガーデンプレイスタワー8F
TEL 03-6277-1601（営業） 03-6277-1602（編集）
URL https://www.alphapolis.co.jp/
発売元－株式会社星雲社（共同出版社・流通責任出版社）
〒112-0005 東京都文京区水道1-3-30
TEL 03-3868-3275
装丁・本文イラスト－文月路亜
装丁デザイン－AFTERGLOW
（レーベルフォーマットデザイン―ansyyqdesign）
印刷－中央精版印刷株式会社

価格はカバーに表示されてあります。
落丁乱丁の場合はアルファポリスまでご連絡ください。
送料は小社負担でお取り替えします。
©Miki Ito 2021.Printed in Japan
ISBN978-4-434-29752-6 C0093